AF189198

Eccidio

Tod im Olivenhain

von Rolf Horn

Via delle Piastrelle, 814

51015 Monsummano Terme

www.casadellarte.de

casadellarte.de@gmail.com

Bei dem Bild auf der Vorderseite handelt es sich
um ein Aquarell von Rolf Horn

„ Tod im Olivenhain "

Herstellung und Verlag:

BoD - Books on Demand, Norderstedt

ISBN   978-3-7460-7741-3

Inhaltsverzeichnis   Seite

Kapitel 1
Ein ganz normaler Jagdunfall

Commissario Brunello drückte behutsam seine achte Zigarette in seiner Blechschachtel aus, die er als Aschenbecher und Kettenraucher immer bei sich trug, um sich eine neue Zigarette anzuzünden. Er sog den Zigarettenrauch tief in seine Lungen und betrachtete aufmerksam die Szene, die sich zu seinen Füßen abspielte. Er saß im Schatten unter einem der uralten Olivenbäume, die auf einer der vielen Terrassen des sehr gepflegten Olivenhaines standen. Alles hätte so friedlich sein können. Es war ein besonders schöner Herbsttag und man hörte entfernt das Lachen und Scherzen der Pflücker. Von Ferne hörte man das Mittagsleuten der Glocke von Monsanto. Sein Blick schweifte lange über die Hügel des lieblichen Montalbanos mit seinen Olivenhainen, unterbrochen von Weingärten. Das hatte der liebe Gott und die fleißigen Menschen gut hingekriegt. Das Paradies konnte nicht schöner sein. Der Himmel strahlte in einem Blau wie es ihn nur hier in der Toskana gibt. Die Vögel sangen fröhlich ihre Lieder, die Blumen wiegten sich im Wind und erzählten sich die uralten Märchen. Commissario Brunello, eingehüllt in den lieblichen Duft seiner Zigarette, war tief in seinem Herzen ein Melancholiker und sehnte sich nach Frieden, wenn da nicht diese mordlüsternen Menschen wären, die er ironischerweise brauchte um seinen Beruf

auszuüben. Zurück in der Realität schärfte sich sein Blick und unter sich sah er den Grund, warum er gerufen wurde. Immer wenn es heikel wurde und man nicht weiter wusste holte man ihn. Drunten lagen drei Tote und all die Carabinieri und die Stadtpolizisten des Ortes trampelten, wie eine Horde wild gewordener Affen am Unfallort herum um jegliche Spuren zu verwischen. Es würde unmöglich sein den Tathergang zu rekonstruieren.
Commissario Brunello, ausgestattet mit einer feinen Ironie, musste grinsen. Es war wie immer. War es nur die grenzenlose Dummheit dieser Polizisten oder war es Absicht den Tatort zu verwüsten? Sorgsam drückte er seine Zigarette aus, stand auf und richtete seine Uniform. Langsam schritt er die Terrasse hinab und begab sich zum Tatort. Wie auf ein geheimes Zeichen blieben all die Carabinieri und Polizisten stehen und öffneten ihm eine Gasse damit er die Toten aus der Nähe betrachten konnte.Was er da zu sehen bekam war ein gar blutiges Massaker. Unter dem Jagdverbotsschild lagen drei tote Männer.

DIVIETO DI CACCIA
COLTURE IN ATTO
DAL 1 NOVEMBRE AL 31
GENNAIO
Prot. 22121944   Ufficio Caccia

Commissario Brunello erhob sich und stieg hinab

zum Tatort. Er zeichnete mit seinen Händen ein Zeichen in die Luft und die fünf Carabinieri und die acht Stadtpolizisten bildeten einen Kreis um den Commissario und die Toten. Schien wie ein Ritual zu sein, was wohl schon oft geübt worden war. Die Uniformierten hatten einen Mordsrespekt vor dem ernsten Mann, ja einige fürchteten ihn sogar. Er hatte schon manche Karriere von ihnen beendet. Sie nannten ihn „Il Tedesco" , da er seine Polizeiausbildung einst in Deutschland absolviert hatte. Er war für sie überkorrekt und gnadenlos penibel. Irgendwie hatten sie das Gefühl, der Commissario Brunello verachtet sie alle, was kein Wunder war, denn keiner konnte eine derartige Ausbildung vorweisen.

Commissario Brunello umkreiste die Toten. Er rief zuerst einmal die Spurensicherung in Florenz an, doch der Diensthabende teilte ihm mit, dass keiner zur Verfügung stünde, da sie alle bei der Geburtstagsfeier des Bürgermeisters seien. Sie könnten erst am nächsten Tag vorbeischauen. „ Brunello, Sie machen das schon!"

Nachdem dies geklärt war nahm der Commissario sein Smartphone und machte viel Aufnahmen des Geschehens. Dann rief er den ranghöchsten Carabinieri zu sich und befahl ihm die Toten zum Amtsarzt Dr. Ambrosio zu bringen, der dann die Totenscheine auszustellen hatte mit dem ausdrücklichen Befehl danach die Toten umgehend ins städtische Krematorium zu bringen, damit sie sofort eingeäschert würden. Dann verscheuchte er die restlichen Carabinieri und die Stadtpolizisten wie lästige Fliegen und befahl:

„Und nehmt die Jagdhunde mit damit sie mir den Tatort nicht vollends zuscheißen. Um den Schäferhund kümmer ich mich selbst.!"

Er ging zu Falco, den deutschen Rassehund seines toten Freundes. Der arme Hund war übel zugerichtet. Er hatte die Leiche seines Herrchens verteidigt und blutete aus vielen Wunden, denn auch er war von den Schrotkugeln der Jäger durchsiebt. Brunello kannte ihn gut den Falco, hatte ihn selbst ausgebildet und liebte ihn, als wäre es sein eigener. Er nahm den sterbenden Hund in die Arme und redete so lange mit ihm, bis er in seinen Armen verstarb. Dann holte er sich eine Schaufel und begrub ihn unter einem Olivenbaum.

Der Commissario zündete sich in Ruhe die nächste Zigarette an und sammelte die herumliegenden Waffen ein, als da waren:

1. 4 funkelnagelneue Schrotgewehre
2. 1 Pistole
3. Jede Menge Schrothülsen

Damit ging er zu seinem Auto und fuhr zur Questura in Bonvento, setzte sich an seinen Schreibtisch um das Protokoll zu schreiben.

Protokoll   **Bonvento, den 23. August 2014**

Ich, Commissario Brunello wurde am Samstag, den 23. August 2014 in den Olivenhain des Deutschen Peter Baum, Bonvento, Via Dolorosa 13 um 10 Uhr vormittags gerufen. Der Maresciallo der Carabinieri, Gennaio Uzzo hatte mich angefordert, um in einem vermeintlichen Jagdunfall zu ermitteln. Der Tatort befindet sich oberhalb des Ortes Bonvento. Ich erreichte den Unfallort um 10.30 Uhr. Ich fand drei Tote vor.

1. Den Besitzer des Anwesen Peter Brauer, 55 Jahre alt von mehreren Schrotkugel getroffen.
2. Den Jäger Piero Ignoranti, 65 Jahre alt, getötet durch einen Schuss in den Kopf.
3. Den Jäger Carlo Pazzo, 70 Jahre alt, getötet durch einen Schuss in den Kopf.

Ich habe 4 Jagdgewehre, 2 Fahrtenmesser und eine Pistole sichergestellt.

Tathergang:
Es ist davon auszugehen, dass sich die drei Männer gegenseitig getötet haben. Eine Schuldzuweisung ist unter den vorgegebenen Umständen nicht möglich. Es handelt sich, wie der Maresciallo Gennaio Uzzo bereits festgestellt hatte offensichtlich um einen Jagdunfall.

Gezeichnet: Commissario Armando Brunello
Bereits am darauffolgenden Montag, den

25. August wurde der Commissario Brunello in Anerkennung der schnellen Aufklärung zum Hauptkommissar befördert. Damit wurde der Fall zu den Akten gelegt.

Um den Deutschen weinte niemand eine Träne und die beiden ungeliebten Jäger mussten ihr Hobby mit dem Tode bezahlen.

Nun konnten die braven Bürger von Bonvento wieder in Ruhe schlafen.

Kapitel 2
Wer ist Commissario Brunello

Für den Commissario Brunello war der Fall ganz und gar nicht gelöst. Er freute sich schon über die Beförderung zum Hauptkommissar. Mit dem Titel Ispettore Capo waren mehrere Annehmlichkeiten verbunden. Er war mit sofortiger Wirkung der Vicequestore der Kreisstadt Bonvento und nur noch dem Questore, dem Polizeipräsidenten unterstellt. Der war mehr oder weniger Politiker und hatte keine Ahnung von der Polizeiarbeit und ließ Brunello freie Hand, zumal der enorme Erfolge aufzuweisen hatte. Commissario Brunello hatte eine Aufklärungsquote von einhundert Prozent. Demzufolge änderte sich am Aufgabenbereich vom Commissario Brunello de facto nichts, denn er hatte bereits seit fünf Jahren kommissarisch die Questura geleitet. Durch die Beförderung war er nahezu unangreifbar geworden. Er konnte gehen und kommen wann er wollte. Am meisten freute sich seine wunderschöne Frau Bianca, denn durch die saftige Gehaltserhöhung hatte die Familie nun mehr Spielraum, denn die beiden Söhne Paolo und Remo studierten bereits auf der Scuola superiore di Polizia in Rom und die geliebte Tochter Cinzia wollte in Florenz Jura studieren. Polizist sein lag im Blut ihrer Familien. Bis hin zu ihren Urgroßvätern waren die Männer alle Polizisten.

Unglaublich aber wahr: Sie hatten alle einen guten Leumund. Bianca musste bei diesem Gedanken lachen. Wenn sie das noch vor ein paar Jahren ihren deutschen Kollegen in München erzählt hätte, von wegen guten italienischen Leumund, wären die vor Lachen vom Hocker gefallen.

„Bianca, einen Italiener mit guten Leumund gibt es nicht. Es wäre gerade so als wenn ein Kater das Mausen lässt."

Natürlich lachten alle deutschen Kollegen über diese Doppeldeutigkeit. Nur Armando, ihr italienischer Kollege bot jedem der deutschen Kollegen eine Tracht Prügel wegen Beleidigung an. Er schnauzte sie an:

„Ja, es gibt auch in Italien anständige Polizisten, wenn Bianca sagt alle ihre Vorfahren waren unbescholtene Polizisten, dann ist das so. Basta!"

Sofort war Ruhe im Kasten. Armando war einer ihrer Besten und in Karate allen überlegen. Er war nicht besonders groß aber drahtig und durchtrainiert. Alle sprachen von seinem berühmten Waschbrettbauch. Außerdem mochten sie ihn. Er war ein in München geborener Italiener und hatte alle Vorzüge von der deutschen und der italienischen Seite. Seine Eltern waren aus der Basilicata und kamen in den 50-er Jahren als Gastarbeiter nach Deutschland. Alle ihre fünf Kinder machten das Abitur und Armando ging auf die Münchener Polizeischule in Fürstenfeldbruck. Er war eine Bereicherung für München, denn er konnte gut mit den Italienern, den Bayern und den Deutschen. Wie gesagt, Bianca lernte ihren

Armando auf der Polizeiakademiekennen. Sie war mächtig stolz auf ihren Freund, zu dem alle aufblickten. Er war mit nur 170 Zentimeter nicht so groß wie die deutschen Kollegen, doch dafür sah er sehr viel besser aus. Er hatte den für Italiener typischen kurzen Haarschnitt, der seine schwarzen Haare prächtig in Szene setzte. Mit seinen azurblauen Augen hätte jeder in Italien ihn für einen Nachfahren der Etrusker gehalten. Bianca war eine Florentinerin und sehr stolz auf ihre etruskischen Vorfahren. Dann hieß er auch noch Brunello wie der berühmteste Rotwein aus Montalcino. Summa summarum: Toskanischer konnte ihr Armando nicht sein, obwohl die Wurzeln seiner Familie in der Basilikata lagen. Armando hatte ein investigatives Talent. Nachforschen, Enthüllen und Aufdecken waren seine Stärken. Schießen und Kämpfen waren seine Natur. Bianca hingegen hatte es nicht so mit dem Schießen und kämpfen. Sie machte eine Ausbildung in der Polizeiadmistration.

Beide hatten Heimweh nach Italien. Bianca war eine Florentinerin und Armando kam aus dem Süden Italiens. Sie zogen zusammen, verlobten sich und heirateten. Doch nach der Ausbildung und ein paar Jahren Dienst in München beschlossen sie ihr Glück in der Toskana zu suchen. Sie zogen mit der gesamten Großfamilie nach Monsanto. Sie fanden sofort eine Arbeit im Polizeipräsidium in Bonvento, der Kreisstadt. Dort war man sehr froh zwei unbestechliche in Deutschland ausgebildete Polizeioffiziere in ihren Reihen zu bekommen.

Armando wurde sofort Commissario und Bianca machte Karriere in der Administration. Beide hatten unbeschränkten Zugang zu allen Akten, das war eine ihrer Bedingungen.

Kapitel 3
3.1 Der Tanz beginnt

Kehren wir zurück zu den Ereignissen des sogenannten Jagdunfalles. Commissario Brunello hatte als Leiter der Mordkommission Weisungsbefugnis gegenüber den Carabinieri und den Stadtpolizisten von Monsanto. Das ist insofern bemerkenswert, als die Carabinieri eine militärische Einrichtung sind und sich nur ungern von außen Befehle erteilen lassen. Die Polizei, der natürliche Feind der Carabinieri, hingegen ist eine staatliche Behörde und untersteht dem Innenministerium in Rom. Die Stadtpolizei, auch Vigili genannt, ist mehr oder weniger eine Privattruppe des jeweiligen Bürgermeisters und hat sich um die kleineren Belange der Bevölkerung zu kümmern. Welche berufliche Qualifikation sie haben ist unbekannt. Um sich selbst zu finanzieren verteilt sie hauptsächlich Strafmandate. Es erübrigt sich darauf hinzuweisen, dass diese unerfahrenen und unfähigen Beamten froh waren bei diesem dubiosen Jagdunfall keine Verantwortung übernehmen zu müssen. Das war nun Sache von Commissario Brunello, sprich der Polizei. Der hatte nun viel Zeit bis der angeforderte Krankenwagen kommt, um die Leichen in die Praxis des Dr. Ambrosio abzutransportieren.
Commissario Brunello hatte die Gabe bei seiner Tätigkeit als Polizist jegliche persönliche Gefühle auszuschalten. Bei dem sterbenden Schäferhund

Falco hatte er eine Ausnahme gemacht. Das ging ihm ans Herz. Einen Menschen zu erschießen – dafür konnte er zumindest Verständnis aufbringen - doch ein Tier erschießen, das ging gar nicht.

Zuerst kümmerte er sich um den Leichnam seines Freundes. Der Deutsche war hinterrücks von mehreren Schüssen aus den herumliegenden Schrotflinten erschossen worden. Bei dem Deutschen konnte er außer einer Gartenschere keine Waffen finden. Er hatte wohl sein Terreno für die kommende Olivenernte vorbereiten wollen. Um ihn herum lagen die abgeschnittenen Wassertriebe der Olivenbäume, die beim Auslegen der Netze im Wege standen. Sein Tod war ein schneller Tod. Er musste nicht leiden wie sein Hund. Er roch an den Händen des Toten und konnte keine Schmauchspuren feststellen. Der Commissario schaute sich demzufolge die herumliegende Pistole genauer an. Es handelte sich um eine Beretta 92 eine Dienstwaffe mit der die hiesige Stadtpolizei ausgerüstet war. Die Waffe war gesichert, die Kammer war leer und alle Patronen waren unversehrt im Magazin. Mit dieser Waffe war demnach niemand erschossen worden. Es war also unmöglich, dass sein Freund Peter Braun die Jäger erschossen hat. Brunello nahm die Pistole an sich. Dann schaute er sich die beiden Männer genauer an, die offensichtlich den Besitzer des Olivenhaines von hinten erschossen hatten. Sie trugen prächtige, funkelnagelneue Jagdkleidung. Alles war teuer und neu. Die 4 Jagdflinten, die Fahrtenmesser, die Stiefel, die

Halstücher. Irgendjemand hatte sie fein ausstaffiert. Auch die sechs Jagdhunde wirkten irgendwie neu. Aufgeregt sausten sie hin und her und so befahl Brunello einem der herumstehenden Vigili sich um die Hunde zu kümmern, während er die Leichname der toten Jäger inspizierte. An den Händen roch er noch den Rauch aus den abgefeuerten Waffen. Die Carabinieri oder die Vigili hatten die Männer auf den Rücken gelegt, denn es sollte so aussehen als hätte Peter Braun die Jäger noch in seinem Todeskampf erschossen. Dann müssten sie aber Einschusslöcher in der Stirn oder in der Brust haben, was nicht der Fall war. Commissario Brunello drehte die beiden Kadaver um und seine Ahnung wurde bestätigt. In beiden Hinterköpfen war ein kleines Einschussloch zu sehen. Die Kugeln mussten noch im Schädel sein, da keine Austrittswunde zu sehen war. Der Commissario machte vorsichtshalber Fotos der Einschusslöcher und sandte diese umgehend an seinen Privatcomputer, denn der Mörder der beiden Jäger war garantiert noch in der Nähe und beobachtete ihn. Sollte auch er von ihm erschossen werden, wären die Schüsse dokumentiert. Brunello hatte seit er in Italien als Polizist tätig war jede Menge schlechter Erfahrungen gemacht. Beweise wurden manipuliert, Tatwaffen verschwanden und am Ende konnte nichts bewiesen werden. Aus diesem Grunde hatte sich Brunello die Jagdhütte ausgebaut von deren Existenz nur seine Ehefrau Bianca wusste. Sie war, wie auch er, Kommissarin bei der Polizei und verschwieg und erwartete ihn bereits. Mit kurzen Worten klärte er sie über die Vorkommnisse und seine Ermittlungsergebnisse auf. Sie hatte seine Fotos bereits gesichtet und fragte ihn, wie er vorgehen wolle.

„Ich mache daraus einen ganz normalen Jagdunfall und kann dann in Ruhe die Sache aufklären."

Bianca kannte ihren Ehemann und wusste, dass er den Mord an ihrem deutschen Freund Peter Braun nicht auf sich beruhen lässt. Manchmal konnte er stur wie ein Esel und lästig wie eine Zecke sein, was ja kein Nachteil ist, wenn man Polizist ist.

Brunello legte wortlos die Pistole auf den Tisch. Beide zogen sich ihre Gummihandschuhe an um die Waffe gründlich zu untersuchen. Es handelte sich, wie bereits vermutet, um die Dienstwaffe der italienischen Polizei eine Beretta 92, mit der auch die Vigili seit ein paar Jahren ausgerüstet waren. Bianca stellte ebenfalls fest, dass die Waffe unbenutzt war und aus dem Magazin keine Patrone abgefeuert war. Sie hatte bereits das offizielle Polizeiprogramm im Computer geöffnet. Sie gab die Seriennummer der Beretta ein und es erschien das Konterfei und die Akte des Stadtpolizisten Umberto Gentile.

„ Der Gentile ist doch bei jeder Sauerei dabei!" schimpfte sie, denn es gab keine Ermittlung,wo ihnen die vermeintlichen Kollegen nicht in den Rücken fielen, die Zeugen drangsalierten um alles im Sinne ihres Chef dem Bürgermeister der Stadt zu manipulieren. Der Sindaco scheute die Polizei, die Presse und jeden der ihm und seinem Ansehen Schaden zufügen konnte.

Er wollte immer eine Bella Figura machen, denn die nächste Wahl stand vor der Tür, was eigentlich egal ist, denn es steht immer eine nächste Wahl vor der Tür. So sollte offensichtlich auch dieser Fall zu einem ganz normalen Jagdunfall deklariert werden. Dann würde die Kommune ein kurze lapidare Presseerklärung herausgeben, den tragischen Vorfall heftig bedauern und das war es dann.

Bevor sie den Gentile zur Rede stellen, wollten Brunello und seine tüchtige Gattin erst einmal die internen Protokolle der Vigili und der Carabinieri einsehen um dann über ihr weiteres Vorgehen zu entscheiden. Doch eines war klar – dieses Mal kam der Gentile und sein Bürgermeister nicht ungeschoren davon.

Kapitel 3
3.2 Ambrosiano

Nach Dienstschluss dieses ereignisreichen Tages fuhr Commissario Brunello zum Abendschoppen in die Praxis von Dr. Ambrosiano. Der erwartete ihn bereits und streckte ihm zur Begrüßung seine beiden blutbesudelten Hände entgegen. In einer Handfläche lag eine Patronenkugel gar seltener Art. Er knurrte den Commissario an:

„Brunello, in was für eine Sauerei bist du da wieder hineingeraten? Kannst du nicht mal die nächsten Leichen zu einem anderen Arzt schicken. Einen Totenschein kann doch jeder Volldepp ausstellen!"

„Lieber Ambrosio, Du weißt, ich tu alles um dir eine Freude zu machen", antwortete der Commissario. Man mag es befremdlich finden, dass zwei so enge Freunde sich nicht mit ihren Vornamen anreden. Es war in Italien, wie in anderen mehr oder weniger zivilisierten Ländern üblich sich mit Nachnamen anzureden, denn zuerst lernt man sich beruflich kennen und eventuell wird dann eine Bekanntschaft, wenn nicht gar eine Freundschaft. In diesem Falle lag kein Grund vor dies zu ändern, zumal die Beiden gar wundervolle Namen hatten. Der eine hieß Ambrosio, was der Name eines heiligen Bischof von Mailand war, der wiederum weltbekannt ist wegen der von ihm kreierten ambrosianischen Gesänge. Kein Wunder das der stimmgewaltige Pathologe beim Sezieren der Klienten seine herrliche Stimme ambrosianisch erschallen ließ. Beim Namen Brunello hingegen fällt jedem Weinkenner sofort der berühmte Brunello aus Montalcino ein. Der Witz ist jedoch der, dass der Commissario den herben, nach Erde schmeckenden Wein überhaupt nicht leiden konnte. Er trank lieber den Pecorino, einen exzellenten Wein aus der basilikatischen Heimat seiner Vorfahren.

Den sangesfreudigen Leichenarzt und den Jäger von Mördern und Verbrechern verband die Liebe zum Grappa. Nachdem alles geklärt war griff Brunello wortlos in seine Tasche, entnahm ihr einen Grappa von Nardini, stellte ihn auf den Seziertisch mitten zwischen die drei Toten, während ihm Dr. Ambrosio wortlos zwei größere Reagenzgläser reichte. Der Commissario füllte die Gläser bis zum Rand, dann prosteten sie sich gegenseitig zu und wünschten sich und den Toten „ Gute Gesundheit".

Nach dieser Stärkung traten sie an die drei Seziertische und Ambrosio erklärte Brunello das Ergebnis seiner Analyse.

Da waren die beiden Jäger Ignoranti und Pazzo. Ambrosio hatte sie bereits seit längerer Zeit erwartet. Er kannte sie, denn wenn er in der Früh seinen Cappuccino in Sandros Bar bestellte und in Ruhe sein Hörnchen essen wollte ging das nicht, da diese beiden Maulhelden einem schon in der Früh den Tag vergällten. Das waren zwei streitsüchtige Zeitgenossen. Mit jedem in der Bar suchten und fanden sie Streit. Es war nur ein Frage der Zeit, wann ihnen einer das Maulstopfen würde. Einmal versuchten sie es auch mit ihm, doch Ambrosio knurrte sie nur an:

„Nun mal halblang! Wir sehen uns früh genug"

Das langte und nun lagen sie da vor ihm. Nackt und mausetot mit je einem klitzekleinen Loch im Schädel. Dem Pazzo hatte er bereits die Kugel aus seinem Hirn entnommen. Nun wendete er sich dem Ignoranti zu. Während Brunello ihm aufmerksam zuschaute öffnete der Pathologe den Schädel fein säuberlich mit der kleinen Motorsäge und schnitt das weiche Gehirngewebe längs dem Eintrittskanal der Kugel.

„Heureka, da ist sie ja, das Corpus Delicti! Was für ein ungewöhnliches Prachtstück. Brunello, hast du so etwas schon einmal gesehen?"

Vorsichtig nahm er die Kugel mit einer Pinzette und legte sie in eine Schale zu der anderen Patrone. Dann reinigte er die Kugeln mit Alkohol und übergab sie dem Commissario, der sich zwischenzeitlich auch die Gummihandschuhe übergezogen hatte. Die Kugeln durfte nicht von ihnen beschädigt werden, denn sonst würden sie eventuell die feinen Rillen verletzen, die der innere Gewehrlauf beim Abfeuern auf der Patronen-oberfläche hinterlässt. Mit der Analyse der Patronen würde Brunello einwandfrei das dazugehörige Gewehr finden. Ambrosio reinigte nochmals die Patrone und übergab sie feierlich seinem Freund.

„Voila, hier sind sie. Jetzt bist Du dran!"

Der Commissario schaute sich die Patrone nun ganz genau an. So eine Patrone kannte er aus alten Lehrbüchern, hatte eine solche aber noch nie in Natura gesehen. Er wandte sich an Ambrosio: „Weißt du, was das für eine Patrone ist? Muß recht alt sein."

Ambrosio hatte wirklich schon viel in seinem Leben gesehen und fuhr fort:

„Das ist ein Spezialgeschoss. Ich glaube, das ist eine Kugel aus dem 2. Weltkrieg. Am besten du schickst sie zu Deinen Freunden in München."

Brunello grinste, beide hatten kein so rechtes Vertrauen zu ihren eigenen Behörden. Da ging schnell mal ein Beweisstück verloren. Er wird die Kugeln in der nächsten Woche nach München mitnehmen, wenn er die alten Freunde besuchen wird. Er steckte die Kugeln in seine Tasche und grinste Ambrosio an: „ Kleiner Dienstweg"

Brunello schenkte nach. Bei drei Leichen zur gleichen Zeit war immer eine Flasche Grappa fällig und zwar aus Bassano von Nardini. Das hatte folgende Bewandtnis. Bei einem ihrer zweiwöchigen Polizeikongresse in Venedig hatten sich die beiden alten Haudegen vor Jahren kennengelernt. Es ging da um die Zusammenarbeit zwischen den Gerichtsärzten und der Polizei, denn da mussten Animositäten, Spannungen und Zuständigkeiten abgebaut werden.

Ambrosio und Brunello hatten ihre eigene Lösung um die Zusammenarbeit zu verbessern. Sie setzten sich in den Dienstwagen vom Commissario und fuhren hinauf in die Brenta nach Bassano.

Einmal im Leben eines Italieners muss man auf der berühmten Brücke die einst der große venezianische Baumeister Palladio um 1569 gebaut hatte, den berühmten Grappa von Nardini trinken. Der Ponte Vecchio auch Ponte di Bassano oder Ponte degli Alpini, ist eine Holzbrücke aus der Renaissancezeit über den Fluss Brenta und schon meilenweit riecht man den betörenden Duft des Grappas. Dieser zwar scharfe Treberschnaps verbindet sich mit der frischen Gebirgsluft und bildet ein feines Aroma, dass man sich allein schon von dem Duft in den himmlischen Gefilden Arkadiens wähnt. Brunello zahlte die diversen Grappas auf der Brücke und Ambrosio lud im Gegenzug den neuen Freund zu einer deftigen Brotzeit ein. Sie waren damals so richtig gut drauf und Ambrosio meinte:

„Essen und trinken sind die wohl drei schönsten Dinge auf der Welt".

Während jeder von ihnen darüber sinnierte welches wohl das dritte Ding zur Glückseligkeit sei verging der Tag, verging der Abend und eine herzliche Freundschaft war entstanden zwischen den zumindest äußerlich so unterschiedlichen Männern.

Und nun saßen sie wieder einmal beisammen inmitten von Leichen, Mord, Intrige und Totschlag. Doch sie waren es gewohnt und Gott sei Dank soffen ihnen die Leichen nicht ihren schönen Grappa weg.

Dr. Ambrosio war mittlerweile über siebzig Jahre alt und molto particolare, was bedeutet er war ein

Unikat. Brunello, halb Deutscher, halb Italiener musste lachen und Ambrosio wollte wissen, was es da zu lachen gibt.

„Ambrosio, alle sagen, du seist molto particolare."

„Das stimmt doch, oder ?" brummte Ambrosio.

„Lieber Freunde, du musst wissen, in der deutschen Sprache haben viele Worte eine völlig unterschiedliche Bedeutung. Molto particolare bedeutet in Deutschland ein Außenseiter zu sein, mit dem niemand etwas zu tun haben will. Im Italienischen ist molto particolare ein Kompliment. Noch krasser ist der Unterschied bei dem Wort Collaborare. Während man in Deutschland in der Regel erschossen wird wenn man kollaboriert, ist es bei uns in Italien ein wunderschönes Gefühl mit jemanden zusammmen zu arbeiten."

Das gefiel Ambrosio. Da gab es was zum nachdenken. Was bedeutet ihm molto particolare?"

Zum Beispiel war es in diesen Zeiten schon außergewöhnlich wenn man beliebte die Wahrheit zu sagen. Nicht nur im Gerichtssaal, wo man mit Gefängnis bedroht wird, wenn man nicht die Wahrheit sagt. Nein, er liebte es einfach nur so den lieben langen Tag die Wahrheit zu sagen. Viele Menschen werden erst durch zunehmendes Alter etwas Besonderes, etwas Skurriles, etwas was außer der Normalität ist. Wahrscheinlich leistet sich der ältere, dem Tod entgegen schreitende Mensch den Luxus endlich er selbst zu sein. Nicht mehr politisch korrekten Unsinn zu plappern, sondern ungefiltert und ungeschminkt die Wahrheit zu sagen. Lügen ist nervig, denn eine Lüge gebiert die nächste, bis man nicht mehr weiß wem man welche Lügen aufgetischt hat. Wie oft hatten sie beide über die Wahrheit nachgedacht, die doch in beider Gewerbe eine große Rolle spielt. Ambrosio, der Doktor hat täglich die letzten Wahrheiten vor sich. Kranke, Sterbende und Tote sind sein Metier. Fast jeden Tag stand er vor der Wahl, soll er dem Sterbenden die Wahrheit sagen, dem Kranken, dass er nie wieder gesund sein wird?

Ambrosio war im Laufe seines Lebens zu einem Wahrheitsfanatiker geworden, wie auch sein Freund Brunello. Der schlägt sich täglich mit Lügnern und Betrügern herum. Für beide gilt das Sprichwort: La verità fa male. Das bedeutet, dass die Wahrheit die Menschen krank macht.

„ Ambrosio, wusstest du, dass man im Deutschen sagt: Die Wahrheit tut weh?"

„Das, lieber Freund ist zu kurz gegriffen. Die Deutschen hoffen offensichtlich, das der Schmerz der unangenehmen Wahrheit schnell wieder vergehen wird und man sich dann wieder seinen täglichen Lügen widmen kann. Wir alten Lateiner wissen, das die Wahrheit wie ein Bazillus ist, der sich in unser Gewissen einnistet und die Seele zerstört. Zuletzt drehst du durch und wirst unheilbar krank!

Ja, das ist so ein Ding mit der Wahrheit!"

Nun wandten sich die beiden dem Leichnam des Deutschen zu. Zum Glück hatten die beiden toten Jäger verschiedene Schrotpatronen benutzt. Der Pazzo bevorzugte die kleinen Schrotkugeln für die Jagd auf Singvögel. Ignoranti wollte mit grobkörnigen Schrotkugeln Fasane und Hasen jagen. In Jägerkreisen stellt man sich die Frage, ob man mit Schrot ein Wildschwein töten kann. Für den Deutschen hat es jedoch gereicht. Die Mörder hatten je zwei Salven dem Deutschen in den Rücken gejagt, dabei wurde seine Lunge zerfetzt. Jeder einzelne der vier Schüsse war tödlich. Beim Einsetzen des Datums auf die drei Totenschein fiel Ambrosio etwas ein.

„Weißt du welches Datum wir heute haben?"

Brunello: „Klar doch, habe heute auch schon ein Protokoll geschrieben. Heute ist der 23. August 2017. Warum fragst Du?"

Ambrosio schaute seinen unwissenden Freund an.

„Heute ist der 70. Jahrestag von dem Massaker in der Nähe von Fuccechio."

Brunello hatte noch nie von dem Massaker gehort.

„Was für ein Massaker? Sagt mir nichts. War da noch nicht geboren und bin in Deutschland aufgewachsen."

Ambrosio maß dem Ereignis keine weitere Bedeutung zu, hatt wohl nichts mit den Toten auf seinen Seziertischen zu tun.

„Brunello, vergiss es. Die alte Kriegsgeschichte hat sicher nichts mit unserem Fall hier zu tun. Wenn´s dich interessiert schau im Internet nach."

Kapitel 4
4.1 Familienstreit im Haus der Brunellos

Commissario Brunello war gerade hochzufrieden aus München zurückgekehrt. Die Analyse der beiden Geschosse lag vor. Es handelte sich zweifelsfrei um Patronen vom Kaliber 793 zum dazu gehörigen Gewehr, einer Mauser 98. Das war eine Repetierwaffe der deutschen Scharfschützen während des 2. Weltkrieges. Mit ihr konnte ein guter Schütze bis auf 800 Meter Entfernung tödlich sein Ziel treffen.

Der Commissario war mit der Bahn gefahren. Da konnte er in Ruhe darüber nachdenken, wie der Mörder der beiden Jäger zu dieser Spezialwaffe gekommen sein könnte. Da es sich um eine deutsche Waffe handelte war nicht auszuschließen, dass der Täter ein Deutscher sein könnte. Es könnte aber ebenso ein Italiener sein, der die Waffe im Internet gekauft hat, oder sie war bei ihm im Besitz seit Ende des Weltkrieges. Da wartete ein gehöriges Stück kriminalistischer Arbeit auf ihm. Er ahnte bereits, dass es sich bei der Tat um einen inneritalienischen Rachefeldzug handeln könnte.

Er freute sich auf das Abendessen mit seiner Familie. Es waren Winterferien und alle waren gekommen um ein friedliches Weihnachtsfest zu feiern. Bei den Brunellos feierte man auf deutsch. So mit Weihnachtsbaum, Gänsebraten, Platzerl und einen deutschen Napfkuchen mit Rosinen. Bianca

27

wollte es so und den Kinder schien es zu gefallen. Bevor der Commissario die Haustür öffnen konnte schallte ihm ein wüstes Geschrei entgegen. Sie saßen zwar alle am Abendbrottisch, doch die Suppe war kalt geworden und Vera, Brunellos Liebling war gerade richtig in Fahrt. Sie schrie:

„Paolo, was weißt denn du schon von den damaligen Ereignissen? Du hast doch weder Ahnung von Geschichte noch von Jurisprudenz!"

„Ja was ist denn hier los" entfuhr es dem ahnungslosen Commissario. Bianca, auch in Rage wegen des ausufernden Streite, klärte ihren Ehemann auf. Es ginge um dieses fürchterliche Verbrechen in den Padulen vor 70 Jahren. In der Abiturklasse von Vera wurde dieses Ereignis zum 70. Jahrestag zum Thema gemacht und nun bringt sie diesen Mist an unseren friedlichen Abendtisch. Muss dass sein?

Der Commissario liebte Streitgespräche, doch das hier war zu einem richtigen Streit ausgewachsen. Jeder gegen Jeden, alle hatten eine andere Sicht der Dinge. Die Kinder waren im Vorteil, da es Pflichtfach in der Oberschule war, über das Massaker aus dem Jahre 1944 in den nahen Sümpfen, den sogenannten Padule zu berichten. Bianca und er hatten davon gehört, doch sie glaubten, dass man die Vergangenheit ruhen lassen sollte. Gegenseitige Schuldzuweisungen zwischen Deutschen und Italiener begleiten sie Beide seit vielen Jahren. Bianca nahm stets die Seite ihrer italienischen Vorfahren ein, das hieß:

Die Italiener haben immer Recht.

Brunello hingegen war sehr von Deutschland geprägt und hütete sich vor vorschnellen Urteilen. Er sprach ein Machtwort:

„Ihr Lieben, das hier führt zu nichts. Das Thema ist zu komplex. Um mitreden zu können müssen Mutter und ich uns erst einmal kundig machen. Ihr überprüft derweil eure Positionen und morgen Abend reden wir darüber. Aber bitte zivilisiert. Einverstanden?"

Alle waren einverstanden und froh, dass der Vater wieder einmal die richtigen Worte gefunden hatte. Keiner hatte das Gesicht verloren. Vera brummelte noch was vor sich hin, doch der Samstagabend war gerettet.

Vera war ihr aller Liebling. Sie war jung, sie war schön, sie war witzig und vor allem hatte sie von Seiten ihrer Mutter diese feine toskanische Ironie geerbt. Es war schon sehr auffällig, wie die hier geborenen Kinder von Migranten es als ganz natürlich sahen echte Toskaner zu sein. Paolo und Remo waren da gute Beispiele. Vera hatte die Familie vor drei Jahren überrascht nicht in den Polizeidienst einzutreten. Sie wollte mit der Familientradition brechen und Juristin werden, was nun wieder keinen in der Familie überraschte. Schon mit 15 Jahren kannte sie die Gesetzbücher in und auswendig. Wenn keiner von ihnen weiter wusste brauchte man nur Vera fragen. Sie wusste auf alles Rat, untermauert mit den jeweiligen Paragrafen. Alle Streitereien mit Nachbarn und Behörden löste Vera sehr zur Freude ihrer Familie. Seit dieser Zeit wurde sie von allen nur noch Verità genannt. Commissario Brunello nahm sich fest vor besonders in diesem unangenehmen Massaker auf die Meinung seiner mittlerweile achtzehnjährigen Tochter zu hören, denn er, Bianca und die Söhne Paolo und Remo waren alle polizeilich bedingt betriebsblind. Sie hatten zwar die guten Gene von Kriminalisten, Geschichte und Politik überließen sie gerne anderen und wenn es in ihrer Arbeit zu juristischen Verwicklungen kam hatte man ja die Rechtsabteilung. Der Commissario hoffte, dass seine Tochter Vera letztlich doch noch im Polizeipräsidium landen würde.

Kapitel 4
4.2 Vorbereitung sich auf das Streitgespräch

Eigentlich hatte Brunello sich den Sonntag frei genommen um etwas Abstand zu seinem Fall zu bekommen. Doch der eigentümliche Hinweis von Ambrosio auf den 70. Jahrestag des Massakers in den Sümpfen, das deutsche Präzisionsgewehr Mauser 98 und nun der Streit im Haus wegen des Eccidio di Padule, das alles konnte kein Zufall sein. Den ganzen freien Sonntag beschäftigte er sich mit diesem fürchterlichen Massaker. Nach fast 70 Jahren hatten junge italienische Rechtsanwälte nichts besseres zu tun als alte Wunden wieder aufzureißen. Natürlich nur um die Wahrheit, die reine Wahrheit, ihre Wahrheit an den Tag zu bringen und Gerechtigkeit einzufordern.

Wenn es um Wahrheiten ging, wurde der Commissario immer hellhörig. Im Laufe seines Lebens hatte er lernen dürfen, dass es immer mehrere Wahrheiten gab. Ganz besonders viele widersprüchliche Wahrheiten gab es zwischen Italien und Deutschland. Brunello hatte sich als junger Italiener in Deutschland mit dem Verhältnis zwischen Deutschland und Italien auseinandersetzten müssen. Er wusste, dass Italien in seinem Friedensvertrag von 1947 auf jegliche Ansprüche gegenüber Deutschland aus dem Zweiten Weltkrieg verzichtet hatte. Warum nun dieser Prozess? Ging es um Rache oder Gerechtigkeit? Und wenn ja um welche?

Also wühlte er sich durch das Internet. Zuerst studiert er die Beziehung zwischen Italien und Deutschland während des 2. Weltkrieg. Fakt war: Am 22.Mai 1939 wurde ein Bündnisvertrag, der sogenannte Stahlpakt zwischen dem deutschen Reich und Italien geschlossen im Beisein von Adolf Hitler. Der Pakt sah eine militärische Zusammenarbeit und unbedingte gegenseitige Unterstützung im Falle eines Krieges vor. Nach der Invasion der Amerikaner 1943 in Sizilien schloss der neue Ministerpräsident Italiens Marschall Badoglio einen Waffenstillstand mit den Amerikanern und am 8. September 1943 erklärte die Regierung Badoglio Deutschland den Krieg. Italien war damit offiziell zum Kriegsgegner geworden und der Kampf gegen den ehemaligen Verbündeten konnte beginnen.

Jetzt erst – im Nachhinein – verstand er all die boshaften Anspielungen seiner deutschen Kollegen ihm gegenüber auf der Polizeischule in München:

- Mit Italienern kann man keinen Krieg gewinnen
- Italiener kann man nicht trauen.
- Italiener sind geboren Verräter.
- Italiener sind unzuverlässig

Doch ihn, den jungen italienischen Kommissar-Anwärter behandelten sie freundlich und kollegial. Das lag nicht zuletzt an seinem Wesen und vielen deutschen Kollegen half er in der Not. Mehreren Kollegen rettete er in den Polizeieinsätzen das

Leben. Er war einer von ihnen – egal was die Vergangenheit anging. Mit ein bisschen Wehmut dachte der Commissario an die schöne Zeit in Deutschland. Er wäre gerne dort geblieben doch das Heimweh von Bianca an ihre geliebte Toskana war stärker und er war klug genug, sie nicht vor die Wahl zu stellen. Die Liebe zu seiner Frau war größer als die Liebe zu Deutschland. Und doch vermisste er all die sogenannten und oft belächelten Tugenden der Deutschen, die ihm ins Blut übergegangen waren. Fleiß, Höflichkeit, Gerechtigkeit, Ordnung, Pünktlichkeit und Toleranz, das war nicht nur den Deutschen wichtig sondern auch ihm.

Während er vor sich hinträumte hatte Bianca ihm einen Espresso vorbeigebracht. Sie warf einen Blick auf die Notizen ihres Mannes und seufzte:

„Sieht nicht gut aus für Italien"

„Nein Bianca, das schaut ganz und gar nicht gut aus was ich da lesen muss."

Keiner von ihnen wollte darüber sprechen, doch Bianca ahnte, dass das abendliche Gespräch sehr wichtig sein wird für den Zusammenhalt ihrer Familie. Als sie ging wandte sich Brunello dem Prozess in Rom zu. Einige junge Rechtsanwälte hatten den Vorfall wieder aufgenommen um gegen Deutschland, beziehungsweise die Bundeswehr Ansprüche zu stellen und Verurteilungen für drei noch lebende Soldaten zu erwirken, die angeblich damals dabei gewesen sein sollten.

Basis war ein englischer Untersuchungsausschuss. Der fasste recht nüchtern, typisch für Engländer, die Fakten vom Massaker am 23.August 1943 zusammen. Demnach kamen 184 italienische Zivilisten ums Leben. Darunter viele alte Männer, Frauen und Kinder auch Babys.

In dem Militärprozess in Rom wurde am 26.Mai 2011 folgendes Urteil gefällt: Drei ehemalige Soldaten, mittlerweile zwischen 88 und 94 Jahren wurden in Abwesenheit zu lebenslanger Haft verurteilt und die Bundesrepublik zu 13 Millionen Schadenersatz verpflichtet worden. Kein Hinweis auf getötete deutsche Soldaten und dem Hinweis auf die Genfer Konvention. Die besagte, dass für einen getöteten Soldaten der Besatzungsmacht bis zu zehn Zivilisten erschossen werden dürfen. Mit dieser Regelung sollte in Kriegszeiten ein Minimum an Recht erhalten bleiben.

Brunello zweifelte keinen Augenblick an der Richtigkeit und Zuverlässigkeit des englischen Untersuchungsausschusses. Die schauten sich den Tatort an und zählten die italienischen Toten. Von deutschen toten Soldaten wurde nichts erwähnt. Die Engländer enthielten sich jeglicher Bewertung. Nun war aber Brunello ein Commissario und da ist die Aufzählung von Opfern nur ein Teil einer Ermittlungen. genau wie auch in seinem aktuellen sogenannten Jagdunfall in dem er gerade ermittelte.

Bei einer von ihm durchgeführten ordentlichen polizeilichen Recherche will er wissen:

1. Cui bono. Wem nützt das Verbrechen?
2. Ursache und Wirkung
3. Vorgeschichte
4. Anzahl aller Getöteten

Das alles wurde bei dem Prozess in Rom vernachlässigt. Ihm drängte sich der Verdacht auf, dass es sich in diesem Prozess um Rache handelte und dass niemand in Italien darüber reden wollte, welche Mitschuld Italien trifft, auch wenn die meisten der bedauernswerten Opfer wahrscheinlich unschuldig waren. Zumindest die Babys. Wie viele der Opfer waren Partisanen, wie viele Zivilisten?
Aus seiner tagtäglichen Arbeit wusste er, dass auch Frauen und alte Männer in der Lage waren zu töten. Ermittelte er nicht gerade gegen zwei alte Männer, die einen unbewaffneten Deutschen hinterrücks erschossen hatten? All diese Dinge, die ihm beim Studium des Eccidio durch den Kopfe gingen waren im römischen Prozess nicht zur Sprache gekommen. Wie immer hatte man einige kleine Dienstgrade gesucht, gefunden und verurteilt. Die Kleinen hängt man, die Großen lässt man laufen. Es ist immer das Gleiche.
Nichts ändert sich!

In diesem Moment kam dem Commissario zum ersten Mal der Gedanke, dass der Mord an seinem deutschen Freund etwas mit diesem Jahrestag des Eccidio zu tun haben könnte. Handelte es sich vielleicht um eine späte Rache an Deutschland?

Um Klarheit in die komplizierten Zusammenhänge zu bekommen setzte er ein neutrales Diskussionspapier auf, in dem er die wichtigsten Punkte niederschrieb um sich mit seinen Kindern darüber zu unterhalten.

1. Grundlage: Der englische Untersuchungsbericht

2. Urteile von Rom 26.Mai 2011

3. Welche Schuld trägt Italien am Massaker?

4. Wie viele deutsche Soldaten wurden in dieser Zeit von sogenannten Partisanen getötet?

5. Was ist ein Partisan?

6. Genfer Konvention.

7. Nach welchen Kriterien will man urteilen ?
   Moralisch oder Ethisch ?

Kapitel 4
4.3 Auseinandersetzung

Die Familie traf sich nach dem Abendbrot im Salon und als ältester der Geschwister hatte Paolo das erste Wort. Er war mit seinen fünfundzwanzig Jahren ein fescher junger Mann und stand kurz vor seinem Abschluss auf der Polizeiakademie. Er begann mit dem Gerichtsurteil des Militärgerichtes in Rom, sozusagen mit dem Endergebnis. Er schildert den Prozess und schloss seinen Vortrag mit den Worten:

„Es ist ein Urteil, dass die bestialischen Verbrechen der Deutschen an uns Toskanern auflistet und die Gerechtigkeit hat gesiegt."

Vera echauffierte sich und fauchte ihn an:

„Paolo, wieso sagst du uns Toskanern? Erstens warst du zu dem damaligen Zeitraum noch gar nicht geboren, zweitens bist du, wie Remo und ich in Deutschland geboren und hast, wie auch wir die italienische und die deutsche Staatsbürgerschaft. Wir alle haben unsere Kindheit in Deutschland verbracht. Offiziell bist Du Italiener und Deutscher. Wieso identifizierst du dich mit den Toskanern. Du bist alles Mögliche, doch du bist auf keinen Fall ein Toskaner!"

Paolo war klug genug um zu wissen, dass seine

Position nicht haltbar war, doch wollte er sich nicht von seiner kleinen Schwester vorführen lassen. Es galt schließlich sein Gesicht zu wahren.

„Du blöde Kuh! Ich lebe hier. Das ist meine neue Heimat und ich fühle mich als echter Toskaner!"

Vater Brunello schritt ein:

„Paolo, so geht das nicht. Deine Schwester ist erstens keine blöde Kuh, sondern eine achtzehnjährige Abiturientin und sie stellt dir eine berechtigte Frage - wer du bist. Wir haben zur Kenntnis genommen, dass du Dich als Toskaner fühlst. Okay?"

Paolo nickte und nun sollte Remo seine Sicht der Dinge erklären. Remo war fünf Jahre jünger als Paolo. Er war trotz seiner 20 Jahre ein sehr besonnener junger Mann. Er würde bereits im nächsten Jahr den Abschluss auf der Polizeiakademie machen. Er war zielstrebiger als Paolo, der viel Zeit mit Autos und jungen Damen verbrachte. Remo hatte bereits mit 17 das Abitur gemacht und sein Vater galt ihm als großes Vorbild. Er begann mit den Worten:

„Ich habe bei der ganzen Sache kein gutes Gefühl. Meiner Meinung nach wollten sich einige junge Advokaten profilieren um Karriere zu machen und das auf dem Rücken der Deutschen und der Nachfahren der Opfer dieses fürchterlichen Massakers. Das ganze erinnert mich an das alte

Testament: Auge um Auge, Zahn um Zahn.

Hier werden alte Wunden aufgerissen und Zwietracht zwischen Deutschen und Italienern gesät. Ich halte das für schlecht."

Paolo schrie:

„184 Tote davon alte Männer, Frauen Kinder und Babys. Das darf doch nicht ungesühnt bleiben. Mord verjährt nie!"

Das wurde nun Vera wirklich zu bunt:

„Stopp! Punkt 3 von Vaters Positionspapier - Welche Schuld trägt Italien am Massaker?

Jeder hat die Geschichte Italiens studiert und folgendes dürfte unwidersprochen sein:

Italien hat am 22.05.1939 mit Deutschland einen Bündnisvertrag geschlossen. Die Deutschen waren unsere Verbündete und befanden sich auf Mussolinis Wunsch in Italien. Am 8. September 1943 kapitulierte Italien und unterschrieb einen Waffenstillstand mit den Amerikaner, die bereits Sizilien erobert hatten. Im Oktober 1943 hat Italien durch Präsident Badoglio Deutschland den Krieg erklärt. Das ist im juristischen Sinne ein klarer Vertragsbruch gegenüber Deutschland. Und wer glaubt, dass die Deutschen das so einfach hinnehmen kennt die Nibelungentreue der Deutschen nicht. Ihr habt doch alle in der deutschen Schule die Nibelungensage gehört und ihr ward alle begeistert, wie die Deutschen ticken!

Ihr wisst doch, wie Deutsche mit Verrätern umgehen. Jeder auf der Welt weiß das!"

Es entstand eine lange Pause und keiner hatte mehr Lust die unerfreuliche Diskussion fortzusetzen.

Doch Verità setzten noch einen drauf:

„Ihr habt doch alle in der Oberschule über das Massaker diskutiert. Wisst ihr wie das vor ein paar Wochen auf meiner Schule gelaufen ist? Ihr kennt doch alle den alten Dalli. Stellt euch vor, die Schulleitung hat den alten Luigi Dalli als ehemaligen Partisanen eingeladen, damit der alte verwirrte Mann uns von seinen Erlebnissen berichtet. Er war angeblich dabei. Ich stellte ihm ein paar Fragen und es war klar, dass er niemals ein Partisan war und überhaupt nicht bei dem Eccidio in der Padule in Fuccechio dabei war und keine Ahnung hat, was da vorgefallen ist. Ganz im Gegenteil er fing an zu weinen, weil er und Italien die deutschen Kameraden verraten hatten. Sie hatten ihm im Krieg mehrere Male das Leben gerettet und er hatte das Brot mit ihnen geteilt.

Er sagte uns mit bewegenden Worten:

„Man konnte sich auf die Deutschen jederzeit verlassen. Sie hielten immer Wort."

Trotz des Ernstes der Lage mussten alle lachen, denn der alte Dalli war ein Unikum und jeder von ihnen hatte ihm mehrere Kaffees in der Bar am

Marktplatz bezahlt. Er war ein herzensguter Mann. Vera erzählt weiter, wie das der Direktorin schrecklich peinlich war. Denn es sollte doch eine Abrechnung mit der Geschichte und den schrecklichen Deutschen werden, zumal doch mehrere Nachfahren der Toten aus der Padule in dieser Abiturientenklasse waren. So war es kein Wunder, dass der Piero Zagalli wutschnaubend aufsprang.

„Was soll die ganze Scheiße hier. Was faselt da der alte Mann. Ich will euch einmal sagen, wie die Deutschen wirklich sind. Und dann zählte er all die dummen Vorurteile, die er irgendwo aufgeschnappt hatte gegenüber den Deutschen auf.

- Deutsche sind schlimmer als Bestien, sie töteten industriell 6 Millionen Juden.
- Deutsche haben kein Herz.
- Deutsche prozessieren gerne
- Für sie gilt nur das Gesetz.
- Zum Beispiel: Sie stehen stundenlang vor einer roten Ampel auch dann wenn stundenlang kein Auto kommt.

Sie haben 1943 in den Padule meinen Großvater Valtero ermordet. Ich bin ein Partisan wie er. Ich werde ihn rächen. Es ist meine Pflicht ihn zu rächen. Die Deutschen werden dafür büßen. Wir Italiener haben ihnen nie etwas angetan und sie erschießen alte Männer, Frauen, Kinder und Babys. Es sind die gleichen Barbaren, wie damals als sie Rom geplündert haben. Und jetzt spielen sie sich als Herrscher Europas auf, obwohl sie den Krieg verloren haben. Es ist ein Scheißvolk!"

Die Direktorin schritt ein:

„Piero, ich verstehe Deinen Zorn, doch der Ordnung halber, dein Großvater Valtero Zagalli befindet sich nicht auf der englischen Liste der ermordeten Menschen in der Padule. Nachdem du dies aber mehrfach behauptest bin ich am Grab Deines Großvaters vorbeigegangen. Da steht in Marmor gemeißelt, dass er am 23. April 1950 gestorben ist."

In dem allgemeinen Gelächter und Gejohle hörte man Piero schreien: „Ich werde meinen Großvater rächen. Tod den Deutschen!"

Der Vater, aber auch er als Commissario, hatte seiner Tochter Vera aufmerksam zugehört. Das was da seine Tochter erzählte war nur drei Wochen vor dem sogenannten Jagdunfall. Er würde sich mal das Früchtchen Zagalli, den tapferen Partisan genauer anschauen.

Mitten in seine Gedanken hörte er wie Remo seine Gedanken zu dem Massaker präsentierte.

„Die Fakten sind unumstößlich. Ich habe mich mit den in beiden Protokollen nicht erwähnten Partisanen beschäftigt. Sie sind der Schlüssel um eine gerechte Lösung zu finden. Was ist eigentlich ein Partisan? Ich habe mich aus dem Internet schlau gemacht. Partisanen sind bewaffnete Kämpfer, die nicht zu den regulären Streitkräfte eines Staates gehören. Sie führen Kampfhandlungen in einem Gebiet durch, in dem eine andere reguläre Gewalt (Armee oder Polizei des eigenen oder eines fremden Staates oder zivile Verwaltung) offiziell den Herrschaftsanspruch erhebt. Partisanen sind im Allgemeinen nur mit leichten Waffen ausgerüstet. Sie tragen keine Uniformen. Zu ihren Kampfmethoden zählen Sabotage, Spionage, Angriffe auf kleinere militärische Verbände des Feindes und Bekämpfung von Kollaborateuren. Sie operieren meistens aus der Deckung einer Zivilbevölkerung, binden reguläre Truppen und sind nur schwer greifbar, insbesondere aufgrund ihrer oft genauen Ortskenntnis und der Möglichkeit, in der Bevölkerung unterzutauchen.

Das klingt nicht gerade nach Heldentum.“

Vera wies nun auf einige Ungereimtheiten in den beiden Protokollen hin. Im Urteil zu Rom spricht man von 184 Zivilisten. Im englischen Untersuchungsausschuss, wird ausschließlich von

174 zivilen Opfer berichtet - was logischerweise bedeutet, dass es auch militärische Opfer gegeben haben könnte. Seien es deutsche Soldaten oder italienische Partisanen. Zu den Partisanen hättre bereits Remo gesprochen und sie stimme seinen Ausführung zu.

So endete der Abend in einer sehr bedrückenden und nachdenklichen Stimmung, denn jeder hatte nun Gelegenheit in Ruhe die Richtigkeit seiner Argumentation zu überprüfen.
Nachdem die Kinder sich verdrückt hatten goss Bianca sich und ihrem geliebten Gatten einen roten Pecorino ein. Sie drückte ihn und sagte:
„Gut gemacht!"

Brunello hob sein Glas und prostete Bianca zu.
„Amore mio, wir haben das gut gemacht! Sie wollen doch nur gute Italiener sein."

Kapitel 4

4.4 Hinweis zu dem Gewehr

Der Vater unterbrach kurz die Diskussion, denn Verita hatte in ihm den Commissario geweckt.

„Ich unterbreche nur ungern unser lebhafte Diskussion, doch wie ihr wisst bearbeite ich gerade einen sogenannten Jagdunfall. Der Fall ist offiziell abgeschossen, doch ich ermittle weiter. Da ihr, meine Söhne, bereits als Polizisten vereidigt seid und die Offizierslaufbahn einschlagt und du Vera Juristin werden willst und auch zur Verschwiegenheit verpflichtet bist möchte ich euch mitteilen, dass es sich nicht um einen Jagdunfall handelt, wie ihr es aus der Presse entnommen habt.. Unser deutscher Freund Peter Bauer wurde von den Jägern Ignoranti und Pazzo hinterrücks erschossen. Und nunpasst gut auf: Die beiden Jäger wurden ebenfalls hinterrücks erschossen und zwar von einer Mauser 98. Das ist ein Präzisionsgewehr er deutschen Wehrmacht aus dem Zweiten Weltkrieg. Ich bin gerade beim Ermitteln der Waffe.

„Vera, du hast gerade erzählt, dass Piero Zagalli sich an den Deutschen für den Mord an seinem Großvater rächen wolle. Lassen wir mal seine Polemik gegenüber den Deutschen beiseite.

Fakt ist, dass sein Großvater nicht auf der englischen Liste der Getöteten stand und er fünf Jahre nach dem Cessidio friedlich verstorben ist. Was mich interessiert, hat er wirklich gesagt:

„Ich werde meinen Großvater rächen. Tod den Deutschen!" und hat er auch gesagt, wie er das anstellen wollte?

Vera: „ Das hat er wortwörtlich gesagt, die ganze Klasse ist Zeuge. Und wie er das anstellen wollte weiß auch jeder. Er und mehrere Jungs spielen heimlich mit den damals erbeuteten Waffen rum. Da brauchst du nur Paolo und Remo fragen."

Remo zog den Kop ein und Paolo fauchte Verita an:

„ Du alte Petze, wir haben doch geschworen, dass das geheim bleiben muss. Das haben wir alle geschworen!"

Verita antwortete cool: „Was ihr Jungs euch gegenseitig geschworen habt ist mir Wurscht. Ich habe euch nichts versprochen und ich habe nichts geschworen! Vater ermittelt in einem Mordfall und ihr habt alle mit einem ähnlichen Gewehr durch die Gegend geballert! Ihr könnt gerne weiter lügen und zu eurem Versprechen stehen, doch warum nennt ihr mich Verita und nicht mehr Vera? Hat wohl was mit Wahrheit zu tun,oder?"

Jetzt Brunello ganz ernst und war auf einmal nicht mehr der liebende Vater sondern der Commissario.

„ Jungs, ist das wahr? Ihr habt heimlich mit alten Wehrmachtwaffen geschossen? Seid ihr denn von allen guten Geistern verlassen? Ich erwarte von euch eine Liste von allen Beteiligten! Zuerst einmal die Frage: War Piero Zagalli dabei?"

Paolo und Remo wanden sich hin und her, wollten die Freunde nicht verraten, doch nun saßen sie auf einmal einem ordentlichen Commissario gegenüber und wenn sie nicht antworten, würde er sie offiziell vorladen und sie müssten unter Eid aussagen.

Remo meinte, sie seien moralisch an ihr Ehrenwort gebunden. Da kamen sie bei Verita genau an die Richtige.

„Ehrenwort! Da ich nicht lache. Erinnert ihr euch noch an die Ehrenworte von Barschel und Kohl in Deutschland. Der ein war Ministerpräsident in Schleswig Holstein und der andere ein ehemaliger Bundeskanzler. Ihr wisst, wie das ausgegangen ist? Scheiß auf euer Ehrenwort. Scheiß auf eure Moral. Es geht nicht um gut oder böse. Es geht hier um richtig oder falsch!"

Betroffenheit füllte den Salon. Vater und Mutter blickten voller Stolz auf ihre Tochter, die es wieder einmal auf den Punkt gebracht hatte. Alle ihre Väter und Großväter waren Polizisten und mussten sich mit diesem schwierigen Problem herumschlangen. Moral war was fürs Volk, doch es gab einige Berufe, die nach ethischen Gesichtspunkten urteilen mussten. Das waren sie, die Polizisten, die Juristen und die Ärzte. Für sie gilt : Alle Menschen sind vor dem Gesetz gleich.

Der Commissario bat Vera ihren Brüder, doch einmal genauer den Unterschied zwischen Moral und Ethik und die daraus sich ergebenden Konsequenzen zu erklären.
„ Offensichtlich hatte man euch dies nicht auf der Akademie beigebracht oder ihr habt wieder mal nicht aufgepasst" frotzelte der Vater die Söhne. Die legten sich zurück und flehten gen Himmel, Verita möge nicht wieder einen ihrer endlosen Sermone abhalten. Sie begann:
„Das gefährliche an der Moral ist, dass jeder Mensch der moralisch argumentiert glaubt er vertritt die Meinung aller Menschen und er fühlt sich im Recht. Dem ist nicht so! Ein Beispiel.
Nehmen wir einen Juden der Recht sprechen will indem er sagt: Auge um Auge, Zahn um Zahn. Nehmen wir einen Moslem, der das sagt: Tötet alle Ungläubigen. Nehmen wir die Christen, die in den letzten zwei Weltkriegen sich millionenfach umgebracht haben. Und trotzdem versprechen ihnen ihre Religionen das Himmelreich, Sie alle glauben an den gleichen Gott und missachten das fünfte Gebot: Du sollst nicht töten.+

Das nenne ich : Doppelmoral.

Wie viel klarer und eindeutiger ist da die Ethik. Wir kennen sie seit Aristoteles (384 – 312 vor Christus).

Er unterscheidet zwischen dem intellektuellen Verstand und der ethischen Sittlichkeit.

Kurz zusammengefasst will ich sagen:

Moral unterscheidet zwischen Gut und Böse.

Ethik unterscheidet zwischen richtig und Falsch;

Ich, die ich Juristin werden will und ihr seid allesamt Polizisten. Wir sollten alle unseren Verstand benutzen und ethisch korrekt handeln und nach diesen Kriterien alle Menschen gleich behandeln."

Paolo wollte nun wissen, was das in ihrem Falle bedeutet.

Der Vater seufzte: „ Jungs, wenn ihr das jetzt immer noch verstanden habt, ist euch nicht helfen. Es ist doch ganz einfach. Ist es richtig oder falsch mit alten Gewehren heimlich rumzuballern. Ist es richtig oder falsch Leute zu schützen, die eventuell die beiden Jäger von hinten erschossen haben?"

Wortlos schrieben Paolo und Remo alle Beteiligten an den illegalen Schießübungen teilgenommen hatten und übergaben die Liste ihrem Vater, dem Commissario.

Da gab es noch eine Sache über die der Commissario mit seinen Kindern besprechen wollte. Es ging um die Verantwortung des Parisanenführers, der mit seiner Truppe auf die abziehenden deutschen Soldaten geschossen hat.

„ Was haltet ihr davon auf ehemalige deutsche Kriegskameraden aus dem Hinterhalt zu schießen? War es dem Führer dieser Freischärler bewusst, was sie da anrichten?"

Remo meinte, es sei wohl besser gewesen die Deutschen unbehelligt nach Deutschland abziehen zu lassen. Paolo hatte keine Lust mehr sich an der Unterhaltung zu beteiligten. Er wusste nicht mehr was richtig und was falsch war. Aus vielen Berichten hatte er erfahren, wie Besatzungstruppen mit Partisanen umgingen.Sie wurden alle getötet und für jeden von ihnen getöteten Soldaten wurden zehn Zivilisten an die Wand gestellt und erschossen. Dieses Verhältnis wurde Kriegsrecht und jeder, also auch der Partisanenführer von Montecatini wusste das.

Verita fasste das Ergebnis des Abends zusammen:

Das Urteil von Rom ist meines Erachtens ein moralisches Urteil um der einheimischen Bevölkerung das Gefühl zu geben, dass man ihrer Toten gedenkt. Ob die drei verurteilten alten deutschen Männer an dem Massaker teilgenommen haben ist nicht zu beweisen. Die deutsche

Bundesregierung wird wohl keine Reparationen zahlen, da Italien bereits verbindlich auf derartige Zahlungen verzichtet hat.

In diesem Zusammenhang möchte ich auf die großzügige Hilfe aus Deutschland verweisen, wenn uns in Italien mal wieder ein Erdbeben heimsucht und die italienische Regierung nichts tut.

In Zeiten, wo wir versuchen ein Europa zu schaffen ist es keine besonders gute Idee, alte Wunden aufzureißen. So schafft man sich keine Freunde.

Wir sollten mal versuchen uns an den alten Spruch der Lateiner zu erinnern: Pacta sunt servanda. Wenn wir in Zukunft unser Verträge einhalten, dann geht es mit Italien wieder bergauf."

Vater Armando stand wortlos auf, holte eine der besten Rotweinflaschen aus dem Keller und alle waren glücklich, diesen heiklen Abend überstanden zu haben. Sie tranken auf das Wohl von Verita. Sie waren stolz auf die Schwester und Tochter und glücklich endlich mithilfe der Ethik eine Möglichkeit gefunden zu haben auch die schwierigsten Problem in Zukunft gerecht zu lösen.

Kapitel 5
5.1 Ermittlungen gegen Vigile Gentile

Commissario Brunello hatte bei der Erstellung des Protokolls hinsichtlich des von ihm offiziell als Jagdunfall deklarierten Vorfalles ein kleines Problem. Es handelte sich um die Dienstwaffe des Stadtpolizisten Umberto Gentile, eine Beretta 92.

Brunello hatte die Waffe seinerzeit zwischen den drei Toten aufgelesen und eingesteckt und sie nicht im Protokoll erwähnt.

Er nahm die Waffe nochmals in die Hand, machte mehrere Fotos. Bereits in der Jagdhütte hatten er und Bianca den Gentile als Waffenbesitzer identifiziert. Vorsichtshalber vergewisserte er sich nochmals, dieses Mal hochoffiziell. Auf der Waffe war die eingravierte Nummer **AP 237** genau zu erkennen. Bianca und er hatten anhand der Seriennummer bereits den Waffeninhaber gefunden. Sie war beim Hersteller registriert. Als Inhaber dieser wurde die Stadtpolizei von Monsanto ausgewiesen. Er lud die entsprechenden Unterlagen in seinen Computer. Es muss nicht nochmals darauf hingewiesen werden, dass der Commissario unbegrenzten Zugang zu allen Daten hatte. Aus den Unterlagen ging klar hervor, dass der Stadtpolizist Umberto Gentile der Träger dieser Waffe war. Es war Brunello schon immer ein Rätsel, wie man diese Möchtegernpolizisten mit derartig gefährlichen Waffen ausrüsten konnte.

Ursprünglich waren diese bei der Polizia Municipale eingestellten Menschen einfache Vigile, also Angestellte der Kommune, die in Zivil amtliche Schreiben an die Bürger überbrachten. Da in Italien alles größer, wichtiger und schöner werden musste, hatte man sich einen Fuhrpark für die neue Truppe zugelegt. Und da prangte leuchtend rot: Polizia Municipale. Mit neuen Uniformen und mit der Beretta ausgerüstet gingen sie nun auf Jagd, denn sie mussten selbst für ihren Unterhalt sorgen. Anstatt für Ordnung zu sorgen hielten sie die Autofahrer an und suchten in ihrem dicken Gesetzesbüchern solange, bis sie einen Grund gefunden hatten den sich keiner Schuld bewussten Fahrer zur Kasse zu bitten. Nicht einer kam ungeschoren davon und Brunello musste sich oft genug die Klagen der Autofahrer anhören. Leider waren die Stadtpolizisten stets formal im Recht, doch zunehmend maßten sie sich immer mehr hoheitsrechtliche Rechte an, die nur der offiziellen staatlichen Polizei zustanden. So war es also auch kein Wunder, dass sie am Tatort des Jagdunfalls waren, obwohl dafür nur die Carabinieri und er, die staatliche Mordkommission alleine dafür zuständig waren. Und so konnte die Beretta vom Vigile Umberto Gentile wundersamerweise zwischen den drei Toten liegen. Warum die Vigile, obwohl sie dort nichts zu suchen hatten, alle Spuren zertrampelten, das wollte Brunello den Gentile und seine Vorgesetzten gerne selber befragen. Er freute sich jetzt schon auf sein Verhör, denn da konnte er ihnen so richtig mal den Marsch blasen. Vielleicht könnte er auch eine saftige Dienstaufsichtsbeschwerde für den Chef und eine Disziplinarmaßnahme für Gentile veranlassen. Je nach dem, wie sich das Gespräch entwickelt.

Er machte einen offiziellen Termin mit Gentile und seinem Vorgesetzten dem Maresciallo Totto und fuhr zur Kommune, wo die Polizia Municipale ihr offizielles Büro hatte. Der Commissario wurde höflich begrüßt. Noch ahnten sie nicht, was auf sie zukommen würde.

In einem freundlichen Vorgeplänkel fragte man nach dem woher und wohin, dann kam Brunello zum Grund seines Gespräches. Es ginge um den Jagdunfall vom 23.August 2014. Er fragte offiziell den Stadtpolizisten Umberto Gentile, ob er auch an diesem Tage bei dem Unfallort anwesend gewesen sei. Dem schwante Böses und er schnauzte den Commissario an:

„Brunello, was soll die blöde Frage, du hast mich doch ganz genau gesehen, oder hast du Tomaten auf den Augen?"

Nun gut, dachte sich Brunello. Sie wollen es also auf die harte Tour haben.

„ Entschuldigen Sie Herr Gentile, wenn sie meine Frage an sie für blöd halten. Wie kommen sie dazu mich zu duzen. Wir beiden haben nicht gemeinsam Schweine gehütet. Wir beiden haben nichts aber auch gar nichts gemein. Für sie bin ich Commissario Brunello und dies ist ab jetzt ein offizielles Verhör."

Er nahm wortlos sein Smartphone, schaltete es an und begann:

„Heute am ersten September 2014 ab 10.30 Uhr befinde ich mich auf der Polizeistation Monsanto. Anwesend sind Maresciallo Totto und Stadtpolizist Umberto Gentile. Es geht um den Jagdunfall im Anwesen von Peter Brauer. Ich fand drei Tote vor. Peter Bauer den Eigentümer, die zwei Jäger Pazzo und Ignoranti. Zwischen den Toten lag eine Beretta 92, die ich konfiszierte. Aus den polizeilichen Unterlagen geht hervor, dass beschlagnahmte Waffe zweifelsohne dem Stadtpolizisten Umberto Gentile gehört. Kurze Unterbrechung."

Es entstand eine unheimliche Stille.

Brunello schaltete das Smartphone aus und fragte nochmals den Gentile ob er an selbigen Tage am Tatort war. Der war nun auf einmal sehr freundlich und kooperativ. Auf die Frage vom Commissario, was er da zu suchen hatte, antwortete er, dass sein Vorgesetzter Maresciallo ihn und die drei anderen diensthabenden Kollegen zum Unfallort beordert habe. Also fragte der Commissario den Chef der Stadtpolizei wie er dazu käme seine Leute zum Tatort zu schicken, wo sie offiziell nichts zu suchen hatten und woher er überhaupt von dem Vorfall erfahren habe. Der wollte nicht so recht mit der Sprache raus und so schaltete Brunello wieder sein Smartphone ein und diktierte:

„Offizielle Befragung von Maresciallo Totto, woher er von dem Unfall erfahren habe."

Nun blieb dem Maresciallo nichts anderes übrig als die Wahrheit zu sagen. Zuerst wollte er einen Deal

mit Brunello machen. Die Sache könnte doch unter ihnen bleiben. Warum so viel Staub aufwirbeln, doch der Commissario blieb hart und erwartete eine Antwort und er nahm die Wort vom Totto auf:
„Der Chef der Carabinieri Uzzo hat mich an dem besagten Tag angerufen und meinte es wäre von Vorteil, wenn ein paar Vigili am Tatort erscheinen würden. Sie sollten sich bei der Spurensuche beteiligen."

Nachdem dies geklärt war bat Brunello den Gentile „Herr Gentile, ich würde gerne ihre Dienstwaffe sehen. Legen sie die Waffe bitte gesichert auf den Tisch."

Der Gentile zog seine Waffe aus dem Halfter, entsicherte sie und reichte sie dem Commissario, der machte zwei Fotos und notierte sich die Seriennummer der Waffe **AP 243**. Er schaute in sein Smartphone. Die Datei der polizeilichen Waffen besagte: Die Waffe gehörte dem Maresciallo Toto. Hier wurde also kräftig gelogen und so fragte er recht scheinheilig noch einmal:
„Herr Gentile, ist dies die Waffe, die sie am 23.August 2014 am Tatort bei sich getragen hatten?"

Gentile murmelte, ja es sei seine Waffe.

„Herr Gentile, ich kann sie nicht verstehen. Noch einmal für das Protokoll laut und vernehmlich. Ist dies die Waffe, die sie am 23.August 2014 bei sich am Tatort getragen haben?"

Bevor Gentile antworten konnte brüllte der Maresciallo, was das ganze soll. Wie käme er Brunello dazu ihm und seinen Leuten zu

unterstellen, sie würden nicht die Wahrheit sagen.
Sanft, gefährlich leise zischte der Commissario:
„Ganz einfach Maresciallo weil sie und Gentile
wenn sie das Maul aufreißen nur Lügen, diese
Waffe mit der Seriennummer **AP 243** hier auf dem
Tisch, das ist ihre Dienstwaffe" und zog aus seiner
Tasche die Beretta 92 vom Tatort mit den Worten
„und dies ist die Beretta 92 mit der Seriennummer
AP 237, die Stadtpolizist Umberto Gentile am
23.August 2014 am Tatort hat liegen lassen. Die
Waffe war gesichert, im Magazin steckten alle
Patronen. Die Waffe wurde nicht abgefeuert. Mit
dieser Waffe konnten also die beiden Jäger Pazzo
und Ignoranti unmöglich erschossen werden. Die
Fingerabdrücke sind ausschließlich von dem hier
anwesenden Umberto Gentile. Sie manipulieren
die offiziellen Ermittlungen, das ist eine Straftat.
Ich werde eine interne Ermittlung gegen sie
einleiten. Zuvor will ich wissen, warum Gentile
heute und hier ihre Waffe als die seine präsentiert."
In die Enge getrieben bestätigte der Chef der
Stadtpolizei, dass er auf Anweisung des
Bürgermeisters Caliente gehandelt habe und fing
an langatmig die Dinge aus seiner Sicht zu
erklären. Brunello schaltete sein Smartphone aus.
Er hatte was er wollte. Die beiden Vigili, der
Gentile und sein kläglicher Chef Totto hatten die
Manipulation sowohl am Tatort als auch den
Austausch ihrer Waffen zugegeben. Und so hörte
er sich zum hundertsten Male die Geschichte der
Vigili an, nicht bevor er sich genüsslich eine
Zigarette angezündet hatte. Er schob das Schild

mit der Aufschrift <u>Rauchverbot</u> zur Seite und bat um einen Aschenbecher, den der Gentile aus dem Schreibtisch zog, denn ein nichtrauchender Commissario war das Letzte was sie in dieser verkorksten Situation gebrauchen konnten.

Im Grund genommen waren sie arme Gesellen die Vigili. Alle wussten, dass sie eine Privatarmee des Sindaco, des Bürgermeisters waren und alles taten um ihren Job nicht zu verlieren. Keiner konnte sie leiden, doch sie hatten Uniformen, sie hatten Waffen und somit die Autorität im Ort. Wer eine Waffe hat, hat immer Recht! Brunello musste innerlich lachen. Wie sagte man in Deutschland? Wem Gott eine Amt gegeben, dem hat er auch Verstand gegeben. Sorgfältig drückte er seine Zigarette im Aschenbecher aus, beschlagnahmte die Berettas vom Gentile und vom Maresciallo und verstaute sie in seiner Tasche. Keiner muckte auf. Dann verabschiedete sich der Commissario und ließ die total verängstigten Vigili zurück. Sollten die ihm wieder einmal in die Quere kommen drohte ihnen beiden eine saftige Dienstaufsichtsbeschwerde. Sie würden offiziell die Berettas als vermisst melden. Im Vertuschen und Tricksen kannten sie sich gut aus.

Brunello setzte sich in sein Auto und fuhr zu den Carabinieri. Die waren, wie die meisten der Vigili Terroni. So nannten die Italiener des Norden abfällig die Italiener des Südens. Terrone bedeutet so viel wie Erdfresser. Offiziell werden die Süditaliener Meridionale genannt, was aber auch nicht besser ist. Es war schon eine seltsame

Lösung, die Ordnungsmacht von Monsanto in deren Hände zu legen. Brunello war trotzdem mit dem Neapolitaner Gennaio Uzzo, dem Chef der Carabinieri befreundet. Der war zwar in der Toskana geboren, doch unübersehbar von Figur und Wesen ein Mann des Südens. Freundlich, offen und er lachte gern und viel im Gegensatz zu den doch immer mürrisch dreinschauenden Toskanern mit ihren herunterhängenden Mundwinkeln. Obwohl selbst in Deutschland geboren und aufgewachsen, war Brunello von seiner Herkunft ein Mann aus der Basilicata auch Lucania genannt. Das ist ein recht armes Land. Sie ist eine Region in Süditalien, liegt südöstlich von Kampanien, südwestlich von Apulien und nördlich von Kalabrien. Wegen permanenter Arbeitslosigkeit waren seine Eltern 1950 auf der Suche nach Arbeit nach Deutschland ausgewandert und er selber dadurch mehr oder weniger ein Deutscher, also wie auch Uzzo kein Einheimischer, was sie jeden Tag zu spüren bekamen. Maresciallo Uzzo freute sich seinen Freund Brunello mal wieder zu sehen. Er bot ihm einen Stuhl an und holte aus seinem Schreibtisch einen Limoncello. Den hatte seine Mutter selbst gemacht aus den wunderbaren Zitronen der Amalfiküste. Während sie genüsslich den Likör schlürften hörten sie sich gemeinsam die Tonbandaufnahme der Vigili an. Uzzo grinste:
„Die Vigili sind dümmer als Bohnenstroh!
Weißt du eigentlich, dass dein toter Freund mir vor Jahren schriftlich mitgeteilt hat, dass, um ein Carabinieri zu sein man mindestens 180

Zentimeter groß sein muss und sich in seinem Hirn nur Stroh befindet?" Brunello grinste und sagte: „Gennaio, wo er recht hat, da hat er recht!"
Darauf schenkte der Uzzo dem Brunello noch einen Limoncello ein und die beiden Autoritäten lachten sich halb krank. Dann bestätigte der Chef der Carabinieri, dass er seinen Kollegen Totto von den Vigili informiert hat, damit sie den Tatort verwüsten und man die ganze unerfreuliche Sache als Jagdunfall deklarieren könne.
„Was du, du größter Commissario aller Zeiten, dann ja auch geflissentlich getan hast. Fall gelöst, Aus, Äpfel, Amen!"
So löst man in Italien komplizierte Fälle. Warum sich den Tag vermiesen, wenn die Sonne so unschuldig vom Himmel brennt. Es war Zeit, den dritten Limoncello zu trinken. Dann wurde Gennaio Uzzo ernst:
„Brunello, wie ich dich kenne fängt die ganze Scheiße jetzt erst richtig an zu kochen. Du lässt das doch eh nicht auf sich beruhen. Hast du die Einschüsse in den Köpfen der beiden Jäger gesehen? Wenn du Hilfe brauchst, du weißt wo ich zu finden bin!"
Auch das war Italien. Offiziell beendet man eine schlimme Sache mit fadenscheinigen Gründen um dann in Ruhe die wahren Täter zu suchen und zu finden. Brunello stand auf und drückte seinem Freund die Hand. So schlecht sind sie gar nicht, die Terroni.
Der liebe Gott erhalte uns unsere liebgewonnenen Vorurteile!!!!!

Kapitel 5
Ermittlungen
5.2 Die Suche nach dem Gewehr

Jetzt wurde es kompliziert. Wo befindet sich das Gewehr? Wer ist im Besitz der Tatwaffe, der Mauser 98. Woher kam die Waffe.

Commissario Brunello hatte durch die Erzählungen von Vera einen handfesten Grund Ermittlungen gegen die Oberschüler des humanistischen Gymnasium aufzunehmen. Es ging um illegalen Waffenbesitz. Alte, noch gebrauchsfähige Waffen mit denen man Menschen umbringen kann sind nun mal keine Souvenirs. Er fuhr in seine Jagdhütte und sichtete all seine Informationen zu dem Gewehr. Die Münchner Exkollegen hatten ihm alle Daten und Fotos zu der Tatwaffe per Mail zugesandt. Brunello studierte die Liste der Schüler, mit denen seine Söhne damals ihre Schießübungen veranstaltet hatten. Zuerst schaute er sich den illegalen Schießplatz an. Es war eine Lichtung in dem feuchten Dickicht der Padule. Man sah die Reifenspuren von vielen Autos und den Trampelpfad zum Schießplatz. Unzählige Patronen lagen herum. Der Commissario fotografierte alles und sammelte die Patronen ein. Das würde eine Sisyphosarbeit für die Kollegen in der Ballistik werden. Dieses Mal würde er die eigenen Jungs im Polizeidepartement einsetzen. Die würden sich freuen. Bei dem Gedanken flog ein Grinsen über sein Gesicht.

Das Problem war, die meisten der jugendlichen Schützen hatten bereits seit längerem das Gymnasium verlassen. So knöpfte er sich einen nach dem anderen vor. Alle waren sehr aussage freudig und baten ihn, nichts davon ihren Eltern zu erzählen. Er wies darauf hin, dass es sich um ein kriminelles Delikt handle und er könne ihnen nichts versprechen. In einem waren sich alle einig. Die Waffen kamen alle vom Piero Zagalli. Das war der Klassenkamerad von Vera, der die großen Sprüche in der Schule geklopft hatte. Das war derjenige, der sagte, die Deutschen seien ein böses Volk und er würde seinen Großvater rächen etc.

So besuchte Brunello das Haus der Zagallis. Sie lebten in einer der großzügigen Villa am Rande von Montebene. Brunello fuhr nur ungern in diesen mondänen Kurort. Im Volksmund sagte man: Die Leute aus Montebene haben puzzo sotto il naso, was soviel heißt, dass sie ihre Nasen hochmütig erheben um den Gestank des gemeinen Pöbels nicht riechen zu müssen. Es schien als würden alle Montebenesi überzeugt sein, sie seien etwas besseres. Sie waren arrogant und besserwisserisch. Jede Vernehmung mit ihnen war unangenehm. Sie riefen sofort nach einem Advokaten und behandelten Polizisten wie lästige Fliegen. Würde nicht sehr erfreulich werden sein Besuch. Das Haus der Zagalli war natürlich nicht irgend ein Haus sondern eine feudale Villa. Der Vater Zagalli hatte ein Autohaus und verkaufte, Ferraris, Mercedes, BMW und alles was sehr teuer war. Der Commissario hatte sich entschlossen ihnen vorerst einmal einen inoffiziellen Besuch abzustatten und verzichtete auf die Uniform. Er klingelte und Frau Zagalli öffnet ihm. Er wurde freundlich begrüßt, zeigte ihr seine Dienstmarke und fragte ob ihr Sohn Piero zuhause sei. Er würde sich gerne mal mit ihm unterhalten. Sie wollte wissen, um was es denn geht. Brunello setzte ein ernstes Gesicht auf und sagte, es ginge um illegalen Waffenbesitz. Daraufhin rief Frau Zagalli sofort ihren Gatten im Büro an, denn wenn es um Piero ging gab es immer Ärger. Sie war recht aufgebracht und schrie ins Telefon:

„Emilio, Commissario Brunello steht hier vor mir. Er will mit Piero über die schrecklichen Waffen aus der Padule reden. Emilio, ich habe dir schon immer gesagt du sollst dem Piero verbieten mit diesen alten Gewehren rumzuballern und dir oft genug gesagt, dass dies noch einmal ein schlimmes Ende nehmen wird! Komm bitte sofort her und sprich du mit dem Commissario!"

Nach dem Ende des Telefonates bat sie den Commissario bitte Platz zu nehmen und er möge bitte warten bis ihr Ehemann kommt. Brunello setzte sich in einen der einladenden Sessel und betrachtete das Interieur und die Bilder während ihm eine Angestellte einen wunderbar duftenden Kaffee mit Gebäck servierte. Hier war alles vom Feinsten. Am meisten interessierte ihn jedoch ein Aquarell, das er glaubte zu kennen. Es war das Portrait von Enzo Ferrari, dem Commendatore. Der Mann war eine Legende.

Den Beinamen Il **Commendatore** erhielt er nach der gleichnamigen Klasse des Ordens der Krone von Italien, welcher ihm 1927 verliehen wurde. Nach **Enzo Ferrari** wurde im Jahr 2002 ein Supersportwagen aus dem Hause Ferrari benannt, der Ferrari Enzo. Ferrari ist in Italien Kult.

Brunello glaubte dieses Bild schon einmal gesehen zu haben. Der Künstler hatte die Aura des Alten hervorragend getroffen. Er stand auf um das Bild näher zu betrachten und wunderte sich, dass das Bild, offenbar ein Original nicht von seinem deutschen Freund dem Künstler Peter Bauer signiert war. Es handelte sich hier um eine sehr gute Kopie. Brunello war sich sicher, dass sein ermordeter Freund Peter Bauer das Original gemalt hatte. Er erinnerte sich noch gut an die Ausstellung in Borgo Colino wo der Peter zum ersten Male das Portrait von Enzo Ferrari ausstellte. Es kam zu einem der Eklats die der Künstler Peter Bauer so liebte. Emilio Zagalli, ein damals noch junger Ferrarihändler aus Florenz war gekommen um das Bild zu sehen und zu kaufen. Als der vor coram publico anfing mit seinem Freund um den Preis zu feilschen entstand ein sehr interessanter Disput. Peter erklärte dem Autohändler, dass er dieses Bild mit Herzblut gemalt hat und es zu einem Preis von nur einer Million Lire verkaufen möchte. Brunello grinste, denn das wären nach heutigem Geld lumpige 500 Euro. Der Peter erklärte dem Ferrarihändler, dass es unanständig sei mit einem Künstler vor Publikum über den Preis zu debattieren, zumal ein einziger Reifen seines roten

64

Blechautos, es war natürlich der Ferrari vom Zagalli gemeint, mehr kosten würde als sein herrliches Bild. Der Ferrarihändler wollte das Bild unbedingt haben und war bereit den geforderten Preis zu zahlen, doch Peter Bauer war zornig geworden und beschied dem Mann:

„Eher verbrenne ich das Bild, als das ich es ihnen verkaufe. Gehen sie in Frieden, doch gehen sie!"

Und nun hing das Bild, wenn auch nur als Kopie in einem wunderbaren, kostbaren Rahmen hier in diesem Zimmer. Die Zeit verging und Emilio Zagalli stürmte ins Zimmer mit den Worten:

„Was soll das hier, mein Sohn ist ein braver Junge und hat sich nie etwas zuschulden kommen lassen. Verlassen sie unser Haus und kommen sie mit einem Haftbefehl, wenn sie das für nötig erachten"

Der Commissario hörte sich alles an bis der Mann zu ende war und sagte dann kühl:

„Signor Zagalli, sie sollten sich erst einmal beruhigen und mir gut zuhören. Mir liegen fünf Anzeigen ihres Sohnes Piero vor. Ruhestörung, Randale. Heute geht es um illegalen Waffenbesitz. Ferner ermittle ich in einem Mordfall wo zwei Menschen mit einer alten Wehrmachtwaffe erschossen wurden. Ich würde gerne die Waffen sehen und mich alleine mit Piero unterhalten."

Emilio Zagalli brüllte weiter und drohte mit seinem Rechtsanwalt und Brunello sagte kühl:

„Herr Zagalli, heute bin ich inoffiziell hier. Die Beweislage ist erdrückend. Wir können es auf die sanfte oder auf die harte Tour machen. Sie haben die Wahl! Ihr Sohn ist volljährig und ich kann ihn auch jederzeit auf das Revier einbestellen. Dann wird es offiziell mit Polizeibericht, Meldung an die Presse. Ich kann mir nicht vorstellen, dass dies in ihrem Sinne ist. Also lassen sie mich in Ruhe mit Piero alleine reden."

Nachdem dies geklärt war riefen die Eltern ihren Sohn und verließen das Zimmer. Piero, ganz der Sohn des Vaters, trat ein und wollte den starken Mann spielen. Brunello war selber Vater und stellte Piero vor die Wahl.

„Piero, ich habe mit deinen Eltern gesprochen und du hast die Wahl, mit mir zusammen zu arbeiten oder alles zu leugnen."

Er legte die Fotos der Mauser 98 auf den Tisch und las ihm die Zeugenaussagen seiner Kameraden vor, sowie die Gesprächsprotokolle seiner Mitschüler als er in der Schule den Deutschen Rache schwor.

„Piero, das schaut nicht gut aus. Ich empfehle dir mir die Wahrheit zu erzählen. Wenn du kooperierst schaue ich, was ich tun kann, damit du und deine Familie einigermaßen ungeschoren aus der ganzen Sache rauskommst. Hast du mich verstanden?"

Jetzt war der eben noch so arrogant auftretende junge Mann nur noch ein Häufchen Elend. Wortlos führte er den Commissario in den hintersten Winkel des Kellers. Nahm den Schlüssel, den er immer um den Hals bei sich trug und öffnete das dunkle Verlies. Alles war dunkel und verhangen.

„Piero, mach Licht und deck die Waffen ab", herrschte Brunello den Jungen an.

Brunello traute seinen Augen nicht. Mit diesem Waffenarsenal aus dem zweiten Weltkrieg könnte man sehr viel Unheil anrichten. Da lagen Karabiner, Pistolen, Bajonette, Messer, Orden Patronenschachteln, Broschüren und zwei Exemplare von Hitlers Buch Mein Kampf. Ganz hinten waren zwei Gewehre sorgsam eingehüllt. Brunello wusste sofort, dass es sich um die Mauser 98 handelt. Zwei herrliche Waffen, eingeölt und bereit zum sofortigen Gebrauch. Der Commissario machte mehrere Fotos mit Piero und all seinen Waffen, dann schrieb er ein Protokoll, das Piero und sein Vater unterschreiben mussten. Dann luden sie gemeinsam alle Waffen in den geräumigen VW Variant des Commissario.

„ Und was geschieht nun?", fragte der Vater.

„Wir werden sehen." antwortete der Commissario und fort war er. Auf der Fahrt ins Büro fuhr er durchs Land. Was für ein herrliches Fleckchen Erde sie doch war seine geliebte Toskana. Das Paradies konnte nicht schöner sein. Er öffnete das Seitenfenster und ließ sich die frische Luft um die Nase blasen um den Gestank von Montebene loszuwerden und gab sich seinen Gedanken hin. Es war für ihn schwer, sich vorzustellen, wie ein so junger und unsicherer Bursche wie der Piero Zagalli zwei Menschen auf dreihundert bis achthundert Meter Entfernung erschießen kann. Vor dem Besuch bei der Familie Zagalli hatte er sich die Schießergebnisse vom Piero angeschaut. Im Internet kann man so alles finden, was man sucht. Die ganze Familie Zagalli war im mondänen Schießclub Montebene. Alle Zagallis waren miserable Schützen und Sohn Piero war der

Schlechteste. Für diese Familie war es nur wichtig in den teuersten Clubs des Kurortes Mitglied zu sein. Der Piero konnte es unmöglich gewesen sein und eine der beiden Mauser 98 war gewiss nicht die Tatwaffe. Beim Sichten der Schießscheiben des Vereins fiel Brunello ein Schütze besonders auf. Der war in der Lage dreimal hintereinander ins Herz der Scheibe zu treffen. Brunello lud sich in seinen Computer alle Schießscheiben dieses begnadeten Schützen. Nicht ein einziger Schuss war außerhalb des Zentrums. So etwas hatte der Commissario noch nie zuvor gesehen. Er selbst war ein guter Schütze, doch nicht vergleichbar mit diesem Wunderknaben. Es handelte sich um Salvatore Giuliano, einen Schüler der Oberstufe des Gymnasiums von Montebene. Er würde Vera fragen, ob sie ihm etwas über ihren Mitschüler sagen könnte.

Bevor er die beschlagnahmten Waffen in die Asservatenkammer der Polizei bringt, würde er erst einmal die Waffen selber genauer ansehen, dann würde er Probeschüsse aus den beiden Mausergewehren abfeuern, die Projektile nach München schicken, auf die Ergebnisse warten und dann, wie gesagt: Würde man weitersehen.

Kapitel 5
5.3 Ermittlungen gegen die Jäger

Commissario Brunello nahm nun seine ganz persönliche private Ermittlungen im Mordfall Bauer auf. Tagsüber ging er seiner normalen Tätigkeit nach. Die bestand hauptsächlich aus der Personalpolitik, der ungeliebten, traditionellen Aufgabe des Vicequestore. Wie in allen Behörden war der Questore, der Leiter einer Polizeibehörde für die Außendarstellung verantwortlich. Er musste sich gegenüber der Presse verantworten, musste mit den Politikern und vor allem mit dem Innensenator der Toskana klarkommen und in den heiklen Fällen gegenüber dem Innenminister in Rom Rede und Antwort stehen. Das war ein Amt, das Brunello niemals anstreben würde, denn all den Politikern und leitenden Beamten in den Arsch zu kriechen war nicht sein Ding. Er hatte gelernt, dass es von großen Vorteil war der zweite Mann zu sein. Er musste zwar drei Mal so viel arbeiten wie der Questore, doch seine Arbeit machte ihm Spaß und niemand redete ihm drein. Alle waren froh ihn zu haben. Die Personalpolitik in der Questura war nervig und lästig. Dienstpläne errichten, die Kollegen bei Laune halten und dafür sorgen dass der Betrieb reibungslos lief. Und doch fühlte er sich als freier Mann. De facto konnte er kommen und gehen und tun und lassen was er wollte. Um den Fall Bauer zu bearbeiten hatte er sich oft in seine unscheinbare Jagdhütte zurückgezogen. Diese verfallene Hütte hatte er vor Jahren einem Freund abgekauft und sie lag außerhalb des Ortes und nur seine Frau Bianca wusste von deren Existenz. Dort war er ungestört. Sie war von außen uneinsehbar. Um zu ihr zu gelangen musste man auf Feldwegen durch die dichte Macchia fahren. Die Hütte selbst hatte alles was er brauchte. Internetanschluss, Strom, warmes und kaltes Wasser, einen Wohnraum und eine Kammer zum schlafen. Aus dem Wohnraum hatte er ein Ermittlungsbüro gemacht. Mehrere Computer warteten auf ihren Einsatz. Alle waren durch Firewalls so abgesichert, dass niemand von außen Zugriff zu den Daten seiner Computer hatte. Eine riesige Pinwand beherrschte den Raum. Sie war drei Meter lang und zwei Meter hoch. Dort heftete er die Fotos seiner zunächst drei Verdächtigen an. Links den Jäger Pazzo, in der Mitte Ignoranti und rechts den Schüler Piero Zagalli. Ganz rechts ließ er noch Raum für den ihm noch nicht bekannten Mörder der zwei Jäger. Die Fotos und Personaldaten dieser Personen hatte er den Meldedaten der Polizei entnommen. Von dem Schüler Zagalli und dem Jäger Pazzo lagen keine besondere Akten vor, doch der Jäger Ignoranti war aktenkundig. Von ihm lagen mehrere Anzeigen wegen Jagdvergehen vor. Seine vier Jagdgewehre waren alle nicht registriert, doch man hatte die Waffen nicht konfisziert, was unentschuldbar war. Ferner hatten mehrere Bauern ihn angezeigt, weil er sie bedroht hatte und ihre Zäune zerschnitten hatte. Ihm geschah nichts, da die damals ermittelnden Carabinieri alle aus dem Benevento oder Neapel kamen. Das mit den vielen Einwanderern aus dem Süden Italiens war eines der größeren Probleme für den Commissario. Noch vor 60 Jahren war Monsanto ein rein toskanischer Ort, doch durch die Arbeitslosigkeit des Südens waren sie, um Arbeit für sich und ihre Familien zu finden in diesen Ort gezogen. Damals gab es hier noch eine florierende Schuhproduktion. Die Menschen aus dem Süden brachten aber nicht nur ihren guten Willen mit gute Toskaner zu werden, sondern ihre Rucksäcken waren dicht gepackt mit allen Übeln des Südens. Der Commissario seufzte, denn er durfte sich nicht nur mit ihrem südlichen Charakter auseinandersetzen sondern auch mit der Mafia, die sie mitbrachten. Nun durfte Brunello nicht alle Süditaliener unter Generalverdacht stellen, doch dem Pazzo sagte man eine bedenkliche Nähe zur Mafia nach. So schrieb er unter das Foto vom **Pazzo**

- Alter: 70 Jahre
- Volksschule nicht abgeschlossen
- Hilfsarbeiter
- aus dem Benevento
- Verbindung zur Mafia
- woher kamen die nagelneue Schrotflinte, die Stiefel und die teuren Jagdklamotten?
- warum schoss er auf den Deutschen?
- War es Rache oder wurde er angestiftet?

Für den Commissario war der Pazzo nur ein kleines Licht, wahrscheinlich ein Mitläufer. Der hätte mit seinem Hilfsarbeiterlohn niemals sich diese teure Jagdausrüstung leisten können. Er war ein dummer Mensch, doch auch dumme Menschen erschießen nicht so mir nichts dir nichts einen Menschen. Auch bei besten Beziehungen – und die hatte er nun wirklich nicht – würde er für viele Jahre ins Gefängnis gehen müssen. Und die Ausrede auf ein Wildschwein geschossen zu haben verfing auch nicht mehr bei jedem Richter. Jeder im Ort wusste, dass der Pazzo des öfteren für den Ignoranti Hilfsarbeiterdienste verrichtete.

Beim Jäger Ignoranti war schon schwieriger

- Alter: 65 Jahre
- Abitur
- Selbstständiger, Modellista für Schuhe
- Toskaner
- Coltivatore Diretto
- Jäger mit Jagdschein
- hat er Pazzo zum Mord angestiftet

Ignoranti war ein beliebter Bürger der Stadt Monsanto. Er war berühmt für die Entwürfe seiner Schuhmodelle. Er arbeitete für Gucci und alle namenhaften Schuhhersteller. Sein prächtiges Haus stand inmitten eines großen Olivenhaines, ganz so wie der Oliveto seines nun erschossenen toten Freundes Peter Bauer. Ignoranti war also Landwirt und zugleich auch Jäger. Das irritierte den

Commissario und er beschloss sich beim örtlichen Bauernverband dem Ufficio Coldiretto zu erkundigen, zumal auch Peter Bauer offiziell als Deutscher ebenfalls Coltivatore Diretto war.

Unangemeldet betrat er das lichte Büro des Bauernverbandes und fragte den Leiter um Auskunft über Peter Bauer und Piero Ignoranti. Beide waren seit vielen Jahren Mitglieder und es lag offiziell nichts gegen sie vor. Der Büroleiter wollte den Commissario abwimmeln, doch Brunello bemerkte wie im Lucia aus dem Nebenzimmer heimlich ein Zeichen steckte. Brunello verabschiedete sich höflich beim Büroleiter und sagte, er würde nur noch kurz Lucia begrüßen, ging in das Nebenzimmer, wobei er die Türe hinter sich schloss.

„Na Lucia, wie geht's ?"

Lucia war eine aufgeweckte fröhliche Person. Er kannte das Mädchen gut, ging sie doch früher mit seiner Tochter Vera in die Volksschule.

„Commissario, ich habe gehört, dass der Deutsche Peter Bauer, der Pazzo und der Ignoranti tot sind. Das wundert mich nicht."

Brunello setzte sich auf einen Stuhl, las das Schild Rauchen verboten und zündete sich genüsslich eine Zigarette an. Dabei nahm er wie ein Jagdhund Witterung auf und bat Lucia ihm etwas über die Beiden zu erzählen. Er schaltete sein Smartphone ein und sagte:

„ Lucia, ich hoffe du hast nichts dagegen, dass ich nun offiziell unser Gespräch aufzeichne, denn es handelt sich um eine Mordermittlung"

Lucia ließ ihr glockenähnliches fröhliches Lachen ertönen und begann zu erzählen, was der Ignoranti für ein arrogantes Arschloch ist, der stets die Angestellten beim Coldiretto wie Dreck behandelte. Der Peter Bauer sei da ganz anders. Trotz aller Probleme die er als Deutscher mit italienischen Behörden hat, sprach er mit uns wie seinesgleichen, hatte immer gute Laune und ein freundliches Wort für jeden von ihnen. Dass er den Bauernverband umsonst um Hilfe gegen die marodierenden Jäger bat und ihnen erzählte dass er dreizehn Minaccia di guerra als Morddrohungen von ihnen erdulden musste und niemand ihm half sich dagegen zu erwehren. Weder die Kommune, noch die Carabinieri noch die Vigile, noch der Bauernverband halfen ihm. Er konnte einem fast leid tun. Vor drei Wochen erzählte er von seiner letzten Begegnung mit Jägern. Er arbeitete im Terreno um die Ernte vorzubereiten. Er war mit seinem Schäferhund Falco unterwegs und wie immer unbewaffnet. Urplötzlich tauchten zwei Jäger mit vier Gewehren und sechs Jagdhunden auf. Sie bedrohten ihn und seinen Hund. Nach einem immer lauter werden Wortgefecht drohten sie ihn zu erschießen. Er sage ruhig zu ihnen:
"Non parlare, fare o andare via."
Brunello grinste, denn er kannte ihn gut seinen deutschen Freund und wusste was das hieß. Sie, die Jäger sollten nicht bloß reden, ihn entweder erschießen oder sein Land verlassen. Angst kannte er nicht dieser Peter Bauer.
So nahm er alles auf, was Lucia da berichtete.

Am Ende ihres Gespräches mit dem Deutschen bezeichnete der Peter alle italienischen Jäger als Vandalen, Bastarde und Mörder. Das alles hörte der ebenfalls anwesende Coltivatore Piero Ignoranti und mischte sich ungebeten in das Gespräch von ihr und dem Deutschen ein. Es wurde nun richtig ungemütlich, denn Ignoranti fauchte den Deutschen an, dass er nicht das Recht habe die Jäger in Italien derart zu beleidigen. Er, Ignoranti sei selber ein ordentlicher Jäger und die Deutschen seien ein Volk von Mördern.

„Ihr habt in den Padule unschuldige Menschen erschossen, ihr habt sechs Millionen Juden vergast und woher nimmst du dir das Recht uns Jäger als Mörder zu bezeichnen!"

Der Deutsche wurde nun gefährlich ruhig und antworte dem Ignoranti.

„Lieber Freund, du hast recht, wir haben unschuldige Juden vergast und ich schäme mich für die Taten unserer Väter. Das ist einer der Gründe warum ich Deutschland verlassen habe. Die Geschichte von dem Massaker kenne ich nicht genau, aber ich werde mich kundig machen. Wenn du die Toten und Opfer zwischen Italien und Deutschland aufrechnen willst, dann fangen wir doch mit Julius Cäsar an, der uns vor zweitausend Jahren überfallen, ermordet und kolonisiert hat. Wir können ja gemeinsam eine Statistik der gegenseitigen Morde erstellen. Wann immer und wo du willst. Doch noch eines mein lieber italienischer Freund. Erstens hast du dich ungebeten in unser Gespräch eingemischt und zweitens bist du Jäger und Bauer. Auch ich bin Bauer. Ich liebe und pflege meinen Olivenhain und tagtäglich sammele ich all die Rotkehlchen und die anderen Singvögel auf die du und deine Mörderbande auf meinem Gelände ermordet hast, trotz meiner Schilder Privatgrund und dem Erlass der Kommune Divieto di Caccia. Wenn ich dich eines Tages als Jäger verkleidet auf meinem Gelände sehe werden wir beide große Schwierigkeiten miteinander bekommen. Du solltest dich entscheiden ob ein Mörder oder Landwirt bist. Beides zur gleichen Zeit geht gar nicht. Und nun, mein Freund, geh du deiner Wege und lass mich in Frieden!"

Atemlos und mit geröteten Wangen endete Lucia ihren Bericht. Der Commissario drückte seine Zigarette in seiner Aschenschachtel sorgsam aus, steckte sie und sein Smartphone in seine Jackentasche, bedankte sich bei Lucia für ihre Aussage, drückte ihr die Hand und sagte:

„ Danke Lucia, alles wird gut. "

Er hatte nun dass, was ihm fehlte. Ein handfestes Mordmotiv. Der Ignoranti war von dem Deutschen vor Zeugen beleidigt und gedemütigt worden. Er hatte beim Coldiretto sein Gesicht verloren. Das war das Schlimmste, was einem Italiener widerfahren konnte. Ob das nun aber das Töten eines Menschen rechtfertigt? Erschwerend kam hinzu, dass er und der Pazzo den Deutschen hinterrücks erschossen hatten als der an einem der Olivenbäume die jungen Wildtriebe mit einer Gartenschere entfernte. Er war so in seiner Arbeit vertieft, dass er die Jäger nicht hatte kommen sehen. Als sein Hund Falco die Gefahr erkannte und sich auf die sechs Jagdhunde stürzte war es bereits zu spät.

Das Ergebnis hatte er am Tatort aufgenommen und dokumentiert. Er hatte kein Problem diesen Vorfall als sogenannten Jagdunfall zu deklarieren. Man war ja schließlich in Italien. Doch nun galt es den Mörder der beiden Jäger zu finden.

Der Schlüssel zum Erfolg war, die Waffe zu finden. Er würde sich nun die schießwütigen Klassenkameraden seiner Kinder vornehmen. Das würde eine Menge Staub aufwirbeln.

Kapitel 6
Heiße Spur
6.1 – Turiddu im Fadenkreuz

Brunello hatte per E-Mail das Ergebnis der Münchner Ballistik erhalten. Aus den Waffen des Schülers Piero Zagalli waren die tödlichen Schüsse auf die Jäger Pazzo und Ignoranti nicht abgefeuert worden. Seine Freunde in Deutschland hatten ihm zuliebe schnell und unbürokratisch gehandelt und wollten wissen, wie es ihm im chaotischen Italien so geht. Ja, darüber würde er nachdenken und ihnen berichten, wenn der Fall gelöst ist. Dann würde er ihnen mal eine persönliche Mail schicken um ihnen klar zu machen, was für ein Glück sie haben in Deutschland zu leben. In einem Land wo die wichtigen Dinge funktionieren und nicht jeder Beamte korrupt ist.

Er verkroch sich in seine Jagdhütte und rekapitulierte, was er bis jetzt ermittelt hatte.

1. Peter Bauer war ermordet worden
2. Er hatte die beiden Jäger nicht getötet
3. Die Jäger Pazzo und Ignoranti haben den Deutschen hinterrücks mit ihren Schrotflinten getötet.
4. Die Jäger sind von Unbekannt mit einer Mauser 98 auf große Entfernung erschossen worden.
5. Der Schüler Piero Zagalli war nicht der Schütze.

Beim Verfassen dieses Zwischenergebnisses ging ihm dieser Schüler Salvatore Giuliano nicht aus dem Kopf. Den wollte er sich mal genauer anschauen, denn bei der Polizei war man immer auf der Suche nach Kollegen, die nicht nur schießen konnten, sondern auch trafen. Vielleicht konnte er ihn überreden in den Polizeidienst einzutreten. Mit seinen Beziehungen könnte er ihn sofort nach dem Abitur auf die Polizeiakademie nach Rom vermitteln. Beim Mittagessen fügte es sich, dass er sich alleine mit Vera unterhalten konnte. Sie kannte den Salvatore, er war in einer der Parallelklassen von Vera. Nur so viel konnte sie dem Vater berichten, dass keiner ihn Salvatore nannte. Er wurde immer nur Turiddu genannt. Er war ein krasser, totaler Außenseiter.

„Der Tiriddu ist ein fescher Bursch, alle Mädchen reißen sich um ihn, doch er hat keine feste Freundin. Wir glauben, dass seine Vorfahren aus Sizilien stammen. Doch mehr weiß ich nicht. "

Vera musste zum Nachmittagsunterricht in die Schule und Brunello setzte sich in den Salon, Bianca brachte ihm seinen geliebten Macchiato und setzte sich zu ihm. Das waren die wenigen Minuten, wo sie ihren Göttergatten allein für sich hatte. Natürlich wollte sie endlich mal wissen, wie weit er mit seinen Ermittlungen gekommen war.

„Zur Zeit befinde ich mich in einer Sackgasse. Keine einzige Spur führt mich zur Tatwaffe. Die Mausergewehre, die ich habe sind nicht die Tatwaffe. Die Schüler schweigen und haben Angst. Sie wissen mehr als sie sagen.

„Bei der Recherche fiel mir ein Mitschüler von Vera auf. Ein gewisser Salvatore Giuliano, genannt Turiddu. Kennst Du die Familie? "
Natürlich kannte Bianca die Familie. Die Giulianos waren der kulturelle Mittelpunkt von Montebene. Bei den großen Events in den Termen finanzierten sie die Musikfeste. Ebenso die Wahlen zur Miss Italia. Sie förderten mit ihrem immensen Reichtum junge Künstler und veranstalteten Vernissagen.
„Unser Freund Peter hat dabei des öfteren seine Bilder und Skulpturen ausgestellt und ob du es glaubst oder nicht Gino Giuliano hatte ihm das wundervolle Portrait von Enzo Ferrari abgekauft."
Brunello sagte trocken:
„Jetzt hängt es beim Ferrarihändler Zagalli."
Bianca: „Hat der Schlawiner nun doch seinen Enzo gekriegt."
Beide mussten lachen, denn auch sie war damals beim Spektakel in Borgo Colino dabei, wo ihr Freund Peter dem Ferrarihändler auf gar keinen Fall seinen Enzo Ferrari verkaufen wollte. Ihr Freund der Peter Bauer war ein Künstler ohne Angst und kannte die Macht des Geldes nicht. Und nun war er tot.
„ Armando versprich mir, dass du den Drahtzieher hinter dem Mord an unseren Freund zur Verantwortung ziehst."
Das musste unser Commissario niemanden versprechen. Das war eine Selbstverständlichkeit und nur eine Frage der Zeit. Er hatte sie noch alle gekriegt, den sein zweiter Name war Tenacia, was man am besten mit Zähigkeit, Hartnäckigkeit oder

Verbissenheit übersetzte. Er war ein italienischer Deutscher mit all den Tugenden, die ein guter deutscher Polizist haben sollte. Einmal sagte ihm ein Delinquent, den er dingfest gemacht hatte:

„Commissario, du bist wie ein unangenehmer Zeck, dir entkommt wohl keiner."

Das sollte wohl ein Kompliment sein, denn auch Gauner haben eine Ehre und erkennen die Leistung ihrer Gegner an. Jeder weiß was eine Zecke ist, wie sie sich in das Fleisch des Opfers verbeißt und es erst wieder loslässt, wenn sie ihren Hunger mit Blut gestillt hat. Brunello gefiel das Kompliment.

Und nun hatte er sich in seinen Fall verbissen und die Familie Giuliano schien ein vielversprechendes Opfer für eine hungrige Zecke zu sein.

Von Bianca erfuhr er noch, dass keiner sich traute auch nur ein schlechtes Wort über diese Familie zu sagen. Es hieß, wer sich mit dieser Familie anlegt habe kein langes Leben. Es heißt, sie führten ihren Stammbaum auf die sizilianische Familie der Giuliano zurück.

„Armando, bei denen musst du vorsichtig sein."

Der Commissario lachte bitter:

„Bianca, das sagen sie alle, wenn die Kacke so richtig am dampfen ist, doch wer, wenn nicht wir, soll gegen solche Leute ermitteln?"

Er nahm seine wunderschöne Frau in den Arm und sie hofften, dass das Ganze ein gutes Ende nehmen würde.

Kapitel 6
6.2 Die Giulianos

So verbiss sich der Commissario in die Geschichte
der Giulianos. Der alte Gino Giuliano war 1924 in
Montelepre nur 15 Kilometer westlich von
Palermo geboren. Aus dem Geburtsregister der
Stadt ging hervor, dass er ein entfernter Cousin des
nur zwei Jahre älteren berühmten Salvatore
Giulianos ist, von dem man annimmt, er habe die
Mafia begründet. Wegen der ewig herrschenden
Arbeitslosigkeit in Sizilien ist Gino kurz nach
seiner Geburt mit seiner Familie zu Verwandten in
die Toskana ausgewandert. Das war in der
damaligen Zeit kein Sonderschicksal.
Brunello seufzte. Bis zum heutigen Tage wandern
viele Sizilianer in die Welt um eine bessere
Zukunft zu finden. Ein großer Teil der in Monsanto
lebenden Süditaliener kamen aus Sizilien. Und war
nicht auch seine Familie vor vielen Jahren aus der
Basilikata nach Deutschland ausgewandert um dort
ihr Glück zu finden? Er hatte prinzipiell kein
Vorurteil gegenüber anderen Rassen und
Menschen. Auch wenn er in den sechziger Jahren
in München gerade mal erst vierzehn Jahre alt war,
so war er doch später von der 68-er Bewegung
stark beeinflusst worden. Da brach man mit der
Nazivergangenheit, wollte alles besser machen als
die Väter und bekannte sich zu den Verbrechen

jener Zeit. Das war das Deutschland das er liebte.

Hier in seiner neuen Heimat Italien distanzierte man sich nicht von der Mussoliniära. Ganz im Gegenteil man verehrt den Duce heute mehr denn je. Das gleiche gilt für diesen Salvatore Giuliano, genannt Turridu. Und so schloss sich der Kreis zum jungen Turridu in Montebene. Waren die Giuliano aus Montebene immer noch Teil dieser sogenannten ehrenwerten Familie? Waren sie ein Teil der Mafia? Waren sie gesetzestreue Bürger oder verdienten sie ihr Geld a la Mafia mit Betrug, Nötigung und Korruption?

Man sagt, die Toskana sei rot. Die Menschen seien halb Kommunisten halb Sozialisten und somit habe die Mafia keine Chance. So sagt man. Das sagte man seinerzeit auch in Deutschland und doch musste er in seiner Tätigkeit als Polizist in Deutschland zur Kenntnis nehmen, dass die Mafia Deutschland zum Waschen ihrer schmutzigen Gelder benutzte. Sie hatten damals viele Mafiosi verhaftet und sie wurden verurteilt. Doch das hing man aus politischen Interesse nicht an die große Glocke. Und nun durfte er sich wieder mit diesem schier unendlichen Problem beschäftigen. Als erstes bat er Bianca die Giulianos zu überprüfen. Als Chefin der Administration in der Questura hatte sie Zugang zu allen relevanten Daten um die steuerliche und wirtschaftliche Situation der Familie Giuliano zu durchleuchten. Die steuerliche Situation war wie bei allen Firmen dieser Größe. Sie zahlten nur einen geringen Obolus in der Hoffnung, dass der Staat ihnen keine Beamten der

Steuerüberprüfung auf den Hals hetzte. Um das zu verhindern bestachen Firmen wie die Giulianos die Direktoren der Finanzbehörde, den Bürgermeister und die entsprechenden Politiker. Bianca würde mit Armando über das weitere Vorgehen hinsichtlich der Steuer reden. Was die finanziellen Werte der Giulianos betraf war sehr viel delikater. Dazu holte sie sich das Grundbuch von Montebene auf ihren Computer. Je tiefer sie in das Kataster eindrang gingen ihr die Augen über. Fast die Hälfte aller Immobilien der Stadt und ihrer Umgebung waren in der Hand der Giulianos. Wenn man alle offiziellen Firmen, Geschäfte und Scheinfirmen zusammenfasste lebte der gesamte Ort von den Giulianos. Irgendetwas stimmte nicht. Woher hatten die Giulianos das immense Vermögen um all die Immobilien zu kaufen. Nur das Autohaus war in ihrem alleinigen Besitz, doch auch darauf lasteten mehrere Hypotheken.

Biancas kriminalistischer Instinkt war geweckt worden. Armando jagte seine Verbrecher mit den sichtbaren Waffen der Polizei, sie hingegen mit den unsichtbaren Mitteln der Computer und dem Internet. Sie erstellte ein Diagramm um alle geschäftlichen Aktivitäten der Familie Giuliano und deren Geldgeber zu erfassen. Das kostete zwar sehr viel Zeit, doch es machte ihr große Freude. Wie ein Spürhund ging sie der Fährte des Geldes nach, bis sie am Ende wusste, von wem das Geld kam. Da waren sie alle, die Banken und Versicherungen, die bei jedem Finanzskandal ihre gierigen Finger im Spiel hatten. Und über allen thronte ein internationales Finanzsyndikat in Milano. Sie öffnete die nichts sagende Homepage des Unternehmen und druckte sich die leitende Geschäftsführung aus, die sie noch am gleichen Abend ihrem Gatten zeigen wollte.

„Armando, ich habe da etwas, was Dich freuen wird und dir bei deinen Ermittlungen weiterhilft."

„Cara, du hast da diesen funkelnden Glanz in deinen Augen. Warst wohl sehr erfolgreich bei deiner Jagd im Internet"

Sorgsam studierte er den Bericht. Das war die Arbeit von mehreren Wochen. Alles war, wie immer bei Bianca, klar und übersichtlich. Dann kam er zur letzten Seite und schaute sich lange das Diagramm mit den finanziellen Zusammenhängen der Giulianos und ihrer Geldgeber an. Ganz unten waren die Firmen der Giulianos in Montebene, darüber die italienischen und internationalen Banken und Versicherungen und ganz droben besonders groß und fett gedruckt das Mailänder Konsortium mit dem Vorstandssprecher, dem allmächtigen Vorsitzenden des Vorstandes der Aktiengesellschaft. Sein Name war Enzo Zagalli der Vater von Emilia Zagalli, der Mutter von seinem Verdächtigen Salvatore Zagalli. Der Opa von Turiddu war der Mann, der die Fäden zog.

Armando sprang auf, packte seine Bianca und wirbelte sie durch die Luft, dass sie kaum atmen konnte. Setzte sie behutsam wieder auf den Boden und gab ihr einen Kuss und schrie vor Freude.

„Bianca, du bist die Größte, danke!"

Es war der Durchbruch. Den Mörder zu finden ist im Grunde genommen einfache Polizeiarbeit, die Auftraggeber zu finden war oft Glückssache. Die hatten Geld, die hatten Macht, konnten mit ihren gedungenen Mördern alle Spuren verwischen. In diesem Falle, dank der Recherche von Bianca wussten sie die Hintergründe, waren unangreifbar.

Mit diesem Wissen bestellte Brunello nochmals den Schüler Piero Zagalli aufs Revier. Diese Zagallis waren nur weitläufige Verwandte von Emilia Zagalli und spielten mit ihrer kleinen Ferrarifiliale in der Montebenegesellschaft eine unbedeutende Rolle.

In dem Ufficio der Questura war es leichter die Verdächtigen zu verhören, denn jeder Vorgeladene wusste, beim Lügen drohten heftige Strafen. Jeder Mensch, der in die Questura vorgeladen wurde bekam es mit der Angst zu tun. Die vielen uniformierten Polizisten vor der Questura, die lange Schlange all der Einwanderer, unter ihnen die Prostituierten aller Länder mit ihren Zuhältern, die Osteuropäer, vornehmlich aus dem ehemaligen Jugoslawien die nicht zur europäischen Union gehörten und auf den Permesso di Soggiorno hofften, das war die Aufenthaltsgenehmigung in Italien. Das machte jedem Angst. So auch den Piero Zagalli. Er war demzufolge sehr kooperativ und bestätigte, dass er mit seinem Cousin Turridu befreundet war und dass der auch eine große Menge Waffen aus den alten Wehrmachtsbeständen in seinem Besitz hatte. Beziehungsweise sein Großvater väterlicherseits, der damals im Jahr

1944 bei den Partisanen war. Der junge Turridu war der eigentliche Chef ihrer Bande, die heimlich ihre Schießübungen in den Padule veranstaltete. Der Commissario machte ein Protokoll, das Piero anstandslos unterschrieb, nachdem ihm Brunello versichert hatte, dass dies strafmildernd für ihn sei. Der Commissario machte mit Ornella, der Privatsekretärin der Giulianos einen Termin bei Gino Giuliano in dessen Privatbesitz. Es war ein schöner Herbsttag, die Sonne lachte und im Schatten maß man 25 Grad. Gemütlich fuhr der Commissario vorbei an all den prächtigen Villen hinauf auf den Hügel von Montebene und erreichte das Anwesen der Giuliano. Vor dem mächtigen Eingangstor, einem schmiedeeisernen Kunstwerk, lungerten gelangweilt einige junge Männer herum. Die ausgebeulten Taschen wiesen sie als die Bodyguards der Familie Giuliano aus. Sie hielten ihn an und wollten wissen, was er da zu suchen habe. Brunello musterte sie lange und sehr genau, zeigte ihnen seinen Dienstausweis, da er wie meist in Zivil war. Er zückte sein Smartphone:

„ Jungs, ihr habt sicher nichts dagegen, dass ich ein paar schöne Fotos von euch mache."

Daraufhin ging das Tor wie von Zauberhand auf. Offensichtlich hatte jemand im Haus den Vorfall gesehen. Kameras waren genug installiert. Brunello fuhr durch einen wunderbaren Garten. Palmen wiegten sich im Wind und viele seltene Bäume säumten seinen Weg. Brunello wusste, dass die Samen dieser seltenen Arten aus Südamerika seinerzeit im Jahre 1492 von Americo Vespucci, dem Botaniker der Medicis von der Entdeckungsreise von Colombo in die Toskana kamen. Brunello kannte sie gut die wundersame Geschichte dieser Medici.

Dann erreichte er die Villa „ Buona Vista " und die Privatsekretärin der Giuliano bat ihn mit einem bezaubernden Lächeln einzutreten.

„Guten Tag Herr Commissario. Ich heiße Ornella Romano und darf sie im Namen der Familie Giuliano herzlich begrüßen."

Der Commissario war für einen Moment sprachlos. Er hatte noch nie eine derartig attraktive Frau gesehen. Am meisten gefiel ihm ihr Akzent. Es war ein hartes perfektes Italienisch, doch sie konnte ihre slawische Herkunft nicht verleugnen. Er vermutete aufgrund ihres Namens, dass sie aus Rumänien kam. In letzter Zeit waren viele Rumänen ins Land gekommen, da sie neuerdings Mitglieder der europäischen Union waren und sie somit die Privilegien der freien Ortswahl und der Arbeits- und Aufenthaltsgenehmigung hatten. Die schönsten Rumäninnen fanden schnell eine Arbeit als Geliebte und auch als Privatsekretärinnen.

Er konnte kaum seine Blicke von der rassigen Schönheit lassen, doch dann besann er sich auf den Grund seines Kommens und sah sich ein wenig um. Was er hier sah übertraf alles. Das hier war ein Renaissanceschloss. Ohne Zweifel war das ganze Interieur echter als echt. Im Salon hingen Originale von Caravaggio, Raffaello, Tizian und den anderen Meistern der Renaissance. In den Museen wurden wohl nur deren Kopien gezeigt. Die Originale waren alle im Privatbesitz reicher Menschen, wie den Giulianos. Der Hausherr betrat den Raum. Ornella warf dem Patron einen schmachtenden Blick zu. Er erwiderte ihren Blick, offensichtlich hatten die Beiden etwas miteinander. Signor Giuliano schien schlicht gekleidet, doch dem geschulten Blick des Commissario entging nicht der Armanianzug, die schlichte Uhr, die wohl viele tausend Euro gekostet hat, die Spezialanfertigung der Guccischuhe und ein weisseres Seidenhemd hatte Brunello noch nicht gesehen. Der Hausherr bot dem Commissario den obligatorischen Kaffee an und sie setzten sich. Nach wenigen Minuten kam Ornella, kredenzte den Kaffee und setzte sich zu ihnen. Brunello schien erstaunt.

„Ornella ist Teil unserer Familie und wir haben keine Geheimnisse voreinander."

Ja, wenn das so ist, dachte sich Brunello, dann soll sie halt dem Gespräch beiwohnen. Wahrscheinlich teilte er mit der Schönen mehr Geheimnisse als mit seiner Ehefrau. Zumindest war ihr Macchiato ebenfalls wie sie, allererste Sahne. Obwohl die Sessel sehr bequem waren und zu einem längeren Plausch einluden kam Brunello schnell zur Sache, denn diese Leute haben nie Zeit. Time is money.

„Don Giuliano, ich will nicht um den heißen Brei herumreden. Ich gehe davon aus, dass sie bereits wissen um was es geht. Ich suche ein Präzisionsgewehr, eine Mauser 98 und mehrere Informanten bestätigten mir, dass ihr Sohn Salvatore im Besitz einer oder mehrerer dieser Waffen sein soll. Könnte ich ihn bitte sprechen."

Der Don schaute ihn freundlich an, so wie eine Sonnenanbeterin die gleich ihr Männchen nach dem Geschlechtsverkehr verspeisen will.

„Lieber Commissario, das trifft sich schlecht. Der Tirridu ist seit Wochen bei unserer Familie in Sizilien. Ich weiß nicht wann er zurückkommt."

Brunello hatte nichts anderes erwartet und antworte ebenfalls honigsüß:

„Lieber Signor Giuliano, das ist merkwürdig. Gestern sah man ihren Sohn in der Diskothek „Play off" und aus Rücksicht auf ihre Familie habe ich ihn nicht festnehmen lassen. Es wäre nett wenn sie ihn bitten würden, sich zu uns zu gesellen."

Jetzt war Schluss mit den höflichen Geplänkel.

„Commissario, wenn sie mir so kommen muß ich leider unseren Advokaten Herrn Doktor Renzi hinzuziehen. Ich hoffe, sie haben nichts dagegen."

Brunello kannte den Advokaten Renzi sehr gut. Er hatte schon mehrmals mit ihm und seinen Klienten zu tun. Die Kunden des Herrn Dr. Renzi waren alle sehr reich und man sagte ihnen allen Verbindungen zur ehrenwerten Familie nach. Da Brunello Polizist und kein Anwalt war und ihm somit juristisch nicht gewachsen war überließ er die Klärung der juristischen Grabenkämpfe in der Regel den ebenfalls sehr guten Anwälten des Polizeireviers.

„ Signor Giuliano, das ist glaube ich eine sehr gute Idee. Machen wir es kurz, da ich ihre Zeit nicht unnütz in Anspruch nehmen möchte. Darf ich sie bitten ihrem Sohn mitzuteilen, dass ich ihn mit ihrem Advokaten am nächsten Montag auf meinem

Revier um Zehn Uhr sehen möchte. Ich habe hier bereits die Anordnung zur Vorladung."

Der Don schnaufte überrascht, damit hatte er nicht gerechnet. Er hatte schon viel über diesen deutsch-italienischen Commissario gehört. Er hatte ihn wohl unterschätzt. Das schwor er sich, würde nie wieder passieren.

„Commissario ich werde dafür sorgen, dass Salvatore mit unserem Advokaten pünktlich am nächsten Montag auf ihrem Revier erscheinen wird und ihnen alle ihre Fragen wahrheitsgetreu beantworten wird."

Dabei entging dem Don nicht das hintergründige Lächeln des Commissario. Sie beiden wussten, dass Salvatore lügen wird, dass sich die Balken biegen und so säuselte der Patron honigsüß:

„Signor Brunello, ich danke ihnen für ihren Besuch. Ornella haben sie bitte die Freundlichkeit den Commissario hinaus zu begleiten."

Die beiden Herren gaben sich die Hand und Ornella ging vor um dem Commissario zur Tür zu begleiten. So hatte Brunello noch einmal die Möglichkeit die Schöne von hinten zu sehen. Kein Mannequin konnte schöner schreiten wie sie und das raffinierte Kleid, sicher ein Original von Dior, zeigte mehr als es verbarg. Sie hatte tadellosen Beine. Sie verließen den Salon und schritten durch das Vestibül. Kurz vor der Tür drehte sie sich um und flüsterte: „Commissario, könnte ich sie heute noch privat sprechen?"

Brunello gab ihr seine Visitenkarte und schrieb hinten eine seiner Privatadressen auf, die er immer dann nutzte, wenn Informanten heimlich mit ihm reden wollten. Nachmittags ging die Schöne immer zum Bummeln in die Stadt und so könnte sie sich mit ihm unerkannt gegen siebzehn Uhr treffen. Brunello war gespannt und versprach sich sehr viel von dem Gespräch und er sollte nicht enttäuscht werden.

Kapitel 6
6.3 Schach mit Ornella
Basic Instincts

Ornella Romano erschien pünktlich in dem verschwiegenen Apartment, nahm Platz und eine lange Pause begann. Sie schauten sich an wie zwei Schachspieler, die sich mustern bevor der eine Spieler den ersten Zug macht. Die Voraussetzung für dieses Spiel waren für Ornella denkbar ungünstig. Auf der einen Seite sie, die Denunziantin, die nur ihre Glaubwürdigkeit und Ehre verlieren konnte und auf der anderen Seite der ehrenwerte Commissario, der alle Optionen hatte. Am Ende würde er der Gewinner sein. Ornella betrachtete den Commissario und schaute ihm fest in die Augen. Ja, der Mann gefiel ihr und sie fragte sich, warum immer die anderen diese Klassetypen bekommen. Ornella machte ihren ersten Schachzug und begann atemlos, als sei sie unter großen Stress.

„Commissario, ich habe leider nicht viel Zeit. Sicher haben sie bereits erkannt, dass ich die Geliebte von Raffaello Giuliano bin. Ich liebe ihn und er wird seine Frau für mich verlassen."

Brunello sollte Mitleid mit ihr haben und denken: Ach du arme Frau, ich werde dich in meine starken Arme nehmen und dich vor allen Unbillen der Welt beschützen, wenn du mir hilfst.

Doch Brunello verzog keine Miene und hörte erst einmal nur zu. Er hatte sich vorgenommen die Schöne nicht in ihrem Redefluss zu unterbrechen. Zuhören war eine seiner Stärken. Es ist wichtig einem Beichtenden dass Gefühl zu geben, dass das richtig ist, was er da gerade tut. Natürlich hatte er sich kundig gemacht, mit wem er da sprach.

Er hatte sich aus all den vorhandenen Unterlagen ein umfassendes Bild von ihr machen können. Ornella Romano war am 1.April 1979 in Bukarest geboren. Sie war hochbegabt, machte bereits mit sechzehn Jahren das Abitur, bekam ein Stipendium für Hochbegabte an der Universität, studierte Psychologie und Philosophie und promovierte als Jüngste und Beste. Sie verliebte sich während des Studiums in einen italienischen Kommilitonen, der sie glauben ließ er liebe sie. Das Resultat war ein uneheliches Kind, das zur Zeit bei den Großeltern in Bukarest lebt. Am Ende des Studiums kehrte ihr Geliebter nach Italien zurück. Ornella war eine junge Frau und wollte hinaus in die Welt. Was lag näher als zu ihm nach Italien zu ziehen. Rumänien war seit 2001 in der europäischen Union und sie wollte an der Uni in Pisa als Dozentin arbeiten. Da Piero der Vater ihres unehelichen Kindes an der Universität zu Pisa lehrte, hoffte sie auf seine Unterstützung. Der war mittlerweile verheiratet und hatte zwei Kinder. Er unternahm alles um seiner Ex-Geliebten zu helfen, doch der italienische Staat war nicht bereit ihre Diplome und ihren Doktortitel anzuerkennen. So landete sie in den Armen von Raffaello Giuliano dem reichen

Ferrarihändler. Brunello wusste also bestens, wen er vor sich hatte. Sorgfältig wählte seinen ersten Zug in diesem Spiel.

„Frau Doktor Romano, tun sie mir den Gefallen und halten sie mich nicht für naiv. Wie sie sehen, weiß ich wer vor mir sitzt. Wenn sie etwas Wesentliches zu sagen haben, dann tun sie dies aber stehlen sie mir nicht meine Zeit. Ich habe einige Morde aufzuklären und Salvatore, genannt Turiddu ist mein Hauptverdächtiger."

Ornella schien nicht sonderlich überrascht zu sein. Auch sie hatte sich vorher, dank ihrer Beziehungen über den Commissario erkundigt. Da saß kein gewöhnlicher italienischer Polizist vor ihr. Der sechzigjährige Mann hatte eine gediegene deutsche Grundausbildung als Kommissar in der Mordkommission hinter sich. Das bedeutete, auch er war psychologisch geschult. Sie schaute sich etwas genauer das Gesicht ihres Gegners an. Sein immer noch schwarzes Haar hatte diese attraktiven grauen Schläfen. Die ehemals scharfen Augen waren durch das Alter etwas milder geworden. Am interessantesten waren die feinen, kaum wahrnehmbaren Falten um seine Augenwinkel. Der Mann hatte Humor. Die willensstarke Nase, der gepflegte Bart und der immer noch sinnliche Mund zeugten von einem Mann, der weiß was er will. Sie hatte ihn schon bei seinem Besuch in der Villa Buona Vista genau gemustert. Ein nur ungefähr 170 Zentimeter großer Mann, der allein schon durch seine Persönlichkeit den Raum füllte. Er war tadellos in Zivil gekleidet, doch man konnte seinen durchtrainierten Körper erahnen. Seine Bewegungen erinnerten sie an ein Raubtier. Geschmeidig und immer sprungbereit. In sich hatte er die Eleganz des Süditalieners und die Härte eines Deutschen. Doch das für sie entscheidende, der Mann war ihr sympathisch. Am Ende ihrer kurzen Psychoanalyse machte sie den nächsten Zug hob ihre große Handtasche vom Boden, stellte sie auf den Tisch, öffnete sie und holte einen größeren in ein feines Seidentuch eingewickelten Gegenstand hervor, legte ihn behutsam, fast feierlich auf den Tisch.

„Nun gut Commissario, sie wollen etwas Wesentliches? Ich habe ihnen etwas mitgebracht. Entscheiden sie ob das Wesentlich genug ist."

Brunello zog sich langsam die immer bereiten hauchdünnen Gummihandschuhe an und schlug das Seidentuch zurück und ein überraschtes „ Dio mio " entfloh seinen Lippen. Vor ihm lag das Zielfernrohr einer Mauser 98.

„Woher haben sie das?"

Wieder schaute Ornella dem Commissario lang in die Augen. Und das obwohl sie doch angeblich keine Zeit hatte. Nun machte sie den entscheidenden Zug.

„Commissario, wenn sie mir Vertraulichkeit und Straffreiheit zusichern, dann können wir weiter reden. Wenn nicht packe ich das Ding da wieder ein und schmeiße es in die Padule, wo es herkommt."

Brunello grinste die Psychologin anerkennend an. Das war ihrerseits ein kluger Schachzug. Nie und nimmer würde man dieses Zielfernrohr in den Weiten der Sümpfe finden. Ebenso war ihr klar, dass er ohne weiteres diese Zielfernrohr sofort hätte Beschlag nehmen können. Das hier war ein Spiel, in dem Ornella Romano, die Psychologin um ihre Existenz kämpfte. Nach einer Aussage, welche die Giulianos belastet könnte sie nicht mehr in die Annehmlichkeiten einer Konkubine zurückkehren. Am Ende dieser unerfreulichen Geschichte würde er Ornella Romano den freien Posten einer Kommissarin mit psychologischen Kenntnissen in der Questura anbieten. Sie wäre ein großer Gewinn bei der Verbrechensbekämpfung und er bräuchte sich nicht mehr mit diesem nervigen Psychokram befassen. So machte er seinen nächsten Zug.

„Ornella, ich darf sie wohl so nennen, ich garantiere ihnen absolute Verschwiegenheit, absolute Straffreiheit, vorausgesetzt sie haben niemanden erschossen!"

Ornella fand das sehr witzig und lachte hellauf.

„Lieber Brunello, ich darf sie wohl so nennen, da kann ich sie beruhigen. Ich habe niemanden getötet, ich habe niemanden bestohlen. Meine Waffen sind anderer Art."

Nun musste auch Brunello lachen. Er holte seinen Limoncello, den er immer für das weibliche Geschlecht in seinem Büro parat hatte und sie prosteten sich fröhlich zu. Dann wurde es wieder ernst. Brunello wollte zunächst einmal wissen, wie es in dieser Familie der Giulianos zugeht.

„Wie Sodom und Gomorrha, der Raffaello hat neben mir noch zwei weitere Gespielinnen. Die eine kommt am Dienstag, die andere am Donnerstag, deklariert als Verkaufsgespräche in der Firma. Die Ehefrau hat ebenfalls ein Verhältnis von dem ihr Mann Salvatore sehr wohl weiß. Doch von Scheidung wird nicht gesprochen, das kann man sich in der feinen Gesellschaft von Montebene nicht leisten. Und was den Sohn Salvatore angeht, Brunello, sie haben keine Ahnung, was für ein gefährlicher, skrupelloser Verbrecher dieser Sohn ist. Die Eltern werden seiner schon lange nicht mehr Herr. Er tut, was er will. Für ihn gelten keine Anordnungen und keine Gesetze. Er ist ein Mensch ohne jegliche Moral!"

Während sie nun Turiddu denunzierte machte sie in diesem spannenden Spiel zwischen ihr und dem Commissario den nächsten Zug. Sie wollte was von ihm und sie war bereit dafür einen hohen Preis zu zahlen. Sie schob den Stuhl etwas zurück, warf die Haare in den Nacken und fuhr mit ihren Händen durch das schöne schwarze Haar. Es schien als wären ihre schlanken, parallel angeschmiegten langen Beine eingeschlafen und nun taten sie so, als suchten sie eine andere bequemere Position. Offensichtlich wollten sie überkreuz gelegt werden. Dazu spreizte Ornella ihre beiden Beine leicht auseinander, um das linke Bein auf das Rechte zu legen. Während ihre Beine eine kleine Ewigkeit in einer luftigen Position verweilten und der Commissario, ob er wollte oder nicht, genug Zeit hatte, die Brüsseler Spitzen ihrer schneeweißen, ach so jungfräulichen Reizwäsche zu begutachten schaute Ornella den Mann genau an. Sie studierte ihn förmlich. Am Ende ihrer Aktion saß die Verführerin nun wieder keusch, mit artig übereinandergeschlagenen Beinen da und schaute wie die Unschuld vom Lande. Brunello hatte ihr Spiel mit dem Sex genossen. Auch er hatte den Film „Basic Instincts" gesehen. Ornella war genau so scharf, wie die berühmte Sharon Stone und sie wollte sehen, wie er reagiert. Er sah auch ihr leicht frivoles Lächeln und den sinnlich leicht geöffneten Mund. Sie wollte spielen, ihn manipulieren. Auch er kannte sich, wie sie, im Gehirn einigermaßen gut aus. Er wusste, dass das männliche Glied vollständig unter Kontrolle des zentralen Nervensystems steht. Er erinnerte sich an die ordinären Sprüche aus seiner Jugend. Wenn der Schwanz steht – hat das Hirn Sendepause oder Loch ist Loch. Er hasst seit jeher solche Sauereien. Für ihn gab es Sex und Liebe und obwohl er ein triebhaft gesteuerter Mann war kannte er sehr wohl den Unterschied. Sex ohne Liebe kam für ihn überhaupt nicht in Frage und so verlief die sexuelle Anmache der schönen Ornella, wie man so schön sagt – im Sande.

„Danke Ornella für die tiefen Einblicke in ihr Körper und Seelenleben. Ich danke ihnen, das sie für unser Gespräch eine schöne, saubere Unterwäsche angezogen haben und so mir den ungeschminkten Anblick ihrer sicher sehr attraktiven Vagina zu erspart."

Ornella errötete nun wirklich. Unkontrolliert, denn sie schämte sich. Ungerührt fuhr Brunello fort: „Nachdem wir das nun auch geklärt haben können wir nun mit dem Verhör fortfahren. Denn es ist ihnen wohl nun klar geworden, dass dies ein Verhör ist und keine Verführung eines alten Mannes. Kommen wir nun zurück auf das alte Zielfernrohr. Woher haben sie es?"
Ornella hatte sich mittlerweile wieder gefangen und tat so, als wäre nichts gewesen. Auch wollte sie nicht, dass der Commissario den Eindruck haben könnte, sie sei ein billige Nutte. So erzählte sie, wie sie ins Haus der Giulianos gekommen war. Die Giulianos waren seit vielen Jahren Freunde ihrer Familie. Schon ihr Großvater und ihr Vater hatten Autogeschäfte mit ihnen gemacht. Noch in der Zeit von Ceausesku wurde ihr Vater verhaftet. Im Rahmen einer Säuberungsaktion wurden alle Selbständigen überprüft. Der alte Gino Giuliano hatte seine Beziehungen spielen lassen und ihr Vater wurde wieder freigelassen und konnte weiterhin seine teuren Luxuslimousinen an die kommunistischen Parteibonzen mit einem Gewinn von mehreren hundert Prozent verkaufen. Der alte Gino und später Raffaello Giuliano versorgten die Romano mit den Autos. Den Preis zahlte, wie immer, das Volk. Ornella war so etwas wie eine jüngere Schwester für Raffaello und so war es eine Selbstverständlichkeit, dass er ihr half, als sie in Italien nicht als Psychologin arbeiten durfte. Sie wurde seine engste Vertraute und sie machten sich einen Spaß daraus, dass sie als seine Geliebte

fungierte. Es schmeichelte seinem Ego, mit ihr anzugeben. Seine Gattin Emilia war in die Scharade eingeweiht, spielte das Spiel mit und behandelte sie wie eine jüngere Schwester. Im Laufe der Jahre wusste Ornella in welchem Keller der Raffaello seine Leichen begraben hatte. Ornella berichtigte sich:

„Natürlich hat der gute Raffaello niemanden umgebracht. Das war im übertragenen Sinne gemeint."

Brunello brummte nur. Er, beziehungsweise Bianca, hatte den guten Raffaello überprüft. Steuerbetrug und krumme Geschäfte waren die zur Zeit noch ruhenden Delikte. Zum Töten war er nicht Manns genug.

„ Ornella, Butter bei die Fische. Komm zur Sache"

Ornella atmete auf, er duzte sie. Das war gut und sie fuhr fort. Einmal schickte der Hausherr sie zum Wein holen in den Keller und sie entdeckte eine verschlossene Geheimtür. Sie liebte Geheimtüren und so war es für sie ein Leichtes die Tür zu öffnen. Was sie da entdeckte war ein Waffenarsenal mit dem man einen Krieg hätte führen können. Messer, Pistolen, moderne und alte Gewehre. Hefte und Broschüren aus der Zeit von Mussolini und Hitler waren da. Auch eine italienische Version von „Mein Kampf" entdeckte sie. Als nun vor einer Woche der Commissario die Familie Giuliano besuchte und sie ihn kennenlernte und von alten Wehrmachtwaffen aus der Nazizeit sprach ging sie in den Keller suchte und fand das Zielfernrohr, das nun auf dem Tisch lag. Brunello war mehr als zufrieden und wollte nun das Gespräch beenden, doch Ornella wagte den letzten Zug.

„Brunello, nachdem wir nun fast alle Geheimnisse teilen würde ich gerne noch wissen, wie dieser köstliche Limoncello hergestellt wird."

Der Commissario lachte hell auf.

„Ornella, du bist mir vielleicht eine Marke. Ich ermittle und du bist Mitwisserin in einem Mordfall. Und nun soll ich dir auch noch unser Familiengeheimnis verraten. Nun gut. Aber wenn du es verrätst lasse ich dich einsperren. Es ist das Rezept meiner Urgroßmutter. Um einen wirklich guten Limoncello herzustellen braucht man unbedingt 10 Limonen von der Amalfiküste am besten aus Maiori. Die Zitronen mit einem guten Kartoffelschäler die gelbe Haut dünn abschälen. Nicht das Weiße der Zitrone hernehmen. Die dünnen Schalen in einen gut verschließbaren Behälter oder in ein Glas hineingeben und mit einem Liter reinen Alkohol auffüllen. Dann fünf Tage ziehen lassen. Einen Liter Wasser 3 – 5 Minuten kochen lassen, dann 900 Gramm Zucker darin auflösen und hinzugeben. Wieder 5 Tage ziehen lassen. Danach die Zitronenschalen und Trübstoffe abfiltern. Die Köstlichkeit in schöne Flaschen abfüllen und den Limoncello kalt servieren. Das war´s."

Ornella musste unbedingt, wie bei Frauen üblich, das letzte Wort haben:

„Danke Brunello für das Rezept, doch ich würde lieber deinen Limoncello weiterhin hier in diesem lauschigen, privaten Verhörzimmer genießen während wir uns ein paar schöne Stunden machen."

Der Commissario stand wortlos auf, drückte ihr die Hand und schob sie mit sehr sanften Druck zur Tür hinaus und es schien ihr sehr zu gefallen. Nachdenklich schaute Brunello ihr nach wie sie wohlgemut und beschwingt davon schritt. Hatte er eine einmalige Chance verspielt oder hatte er vielleicht eine sehr gute Mitarbeiterin gewonnen? Noch eine andere Frage beschäftigte ihn. Wieso denunziert eine sehr enge Mitarbeiterin den Sohn ihres Chefs bei der Polizei. Er hatte da eine Ahnung. Auf der einen Seite haben wir da Ornella, eine bildschöne fünfunddreißigjährige Frau, die nach außen hin die Geliebte des fünfzigjährigen Raffaello, dem Familienoberhaupt der Giulianos ist, mit dem Ornella bei dem gerade stattgefundenen Gespräch klipp und klar aussagte, sie habe niemals mit ihm geschlafen. Das bedeutet in Brunellos Polizeidenken, die beiden hatten keinen Geschlechtsverkehr, weder einen einvernehmlichen Geschlechtsverkehr noch eine sexuelle Vergewaltigung. Dann ist da noch Salvatore mit seinen zwanzig Jahren, den Millionärssohn der stolz von sich behauptet jedes Mädchen, das ihm gefiel in sein Bett zu bringen. Brunello konnte oder wollte sich nicht vorstellen, dass sich diese stolze Frau dazu hergibt mit dem geilen Möchtegerncasanova in die Kiste zu steigen. Wieso diese heftig Abneigung gegen den jungen Mann.

Offensichtlich hatte sie da noch eine Rechnung ihm gegenüber zu begleichen. Hat er sie angemacht? Hat er sie beleidigt? Hat er sie gar vergewaltigt?

Das würde er spätestens bei dem nächsten Verhör des Salvatore Giuliano herausfinden.

Um Ornella, seine Informantin, nicht zu komprimieren ließ er einige Wochen vergehen, in denen er seinen Tagesgeschäften nachging, bevor er das Waffenlager der Giulianos ausheben wollte.

Kapitel 6
6.4 Das Waffenlager

Wie nicht anders zu erwarten, war der Schüler Salvatore nicht zu dem vereinbarten Verhör gekommen. Brunello ließ der Familie zwei weitere offizielle Vorladungen durch die Vigile persönlich überreichen. So konnten sie sich mal ihr Geld ordentlich verdienen statt mit ihren Raubzügen die armen Autofahrer zur Kasse zu bitten. Es muss nicht immer wiederholt werden, dass der Commissario die Stadtpolizei verachtete. Er sprach deshalb provozierend immer von den Vigile. In den vergangenen drei Wochen hatte er durch verdeckte Aktionen die Villa „Buona Vista" von seinen Leuten überwachen lassen. Er wollte vermeiden, dass die Waffen verschwinden. Am einem sonnigen Vormittag gegen 10 Uhr am 20.September - mehr als vier Wochen waren seit dem Jagdunfall verstrichen - erschien Commissario Brunello mit vier Polizisten und einem Durchsuchungsbeschluss bei den Giulianos. Die Bodyguards wollten ihn zuerst nicht einlassen. Wortlos zeigte er den Durchsuchungsbeschluss. Sie benachrichtigten Emilia Giuliano, wortlos ließen sie ihn passieren. Dieses Mal öffnete ihnen die Hausherrin persönlich, denn ihre Privatsekretärin war in Rumänien um ihre Familie zu besuchen. Nach dem obligatorischen Begrüßungsfloskeln zeigte der Commissario ihr den öffentlichen

Beschluss. Wieder rief sie ihren Gatten in der Firma an. Wieder musste Brunello mit seinen vier Kollegen eine halbe Stunde warten. Sie gingen auf die Terrasse und rauchten erst mal eine Zigarette. Jeder für sich, versteht sich. Dann fuhr eine schwere Limousine vor. Aus dem Mercedes entstieg Raffaello Giuliano und sein Advokat. Das war ein kleiner, ziemlich dürrer Mann, der auch gleich recht forsch auf den Commissario zuging. „Was kann ich für sie tun?"
Brunello kannte den berüchtigten Anwalt, von dem es hieß er sei der Anwalt der hiesigen Mafia. Ein harter, mit allen Wassern gewaschener Halunke, dem er von Anfang an zeigen musste, wer hier das sagen hat, zumal er davon ausgehen musste, dass er noch viel Stunden mit dem Rechtsverdreher zu tun haben wird.
„ Zuerst einmal der Form halber und so viel Zeit und Anstand sollte schon sein. Guten Morgen die Herren. Signor Avvocato, ich kenne sie nicht. Mit wem habe ich das Vergnügen?"
Natürlich kannte Brunello den Anwalt des Teufels, wie er hier im Volksmund genannt wurde. Das was hier geschah war eine Art ritueller Balztanz, wo die Männchen zeigen wollen wer der Schönere ist, wer der Mächtigere ist, wer der Potentere ist. Er, Commissario Brunello liebte diese Spiele, denn er hatte die Pistole. Der derart Vorgeführte stellte sich notgedrungen als Doktor Renzi, Anwalt der Familie vor und wiederholte, dieses Mal noch etwas schärfer: „ Was kann ich für sie tun?"
Brunello antwortet kühl:

„Herr Anwalt, ob sie es glauben oder nicht, sie können hier und heute gar nichts tun."

Mit diesen Worten überreichte Brunello dem Hausherrn den Durchsuchungsbeschluss. Der reichte stumm das Dokument an seinen Anwalt, der das Schreiben studierte, welches die offizielle Anordnung einer Durchsuchung im Anwesen der Familie Giuliano bestätigte.

Während Raffaello Giuliano und sein Anwalt noch glaubten sie könnten die Geschicke noch lenken oder irgendwie manipulieren war Emilia Zagalli die einzige, die die Situation erkannte. Brunello hatte sie während der ganze Szene genauer betrachtet. Emilia Zagalli war trotz ihrer 4o Jahre immer noch eine sehr attraktive Person. Sie hatte, wohl auf Wunsch ihres Gatten gefärbte goldblonde Haare. Brunello grinste. Italiener lieben Frauen mit blonden Haaren, das törnt sie an. Emilia kam, wie er mittlerweile wusste, aus einer sehr reichen Mailänder Familie, hatte dementsprechend eine gediegene Ausbildung und war der Mittelpunkt der High Society von Montebene. Auch wenn ihr Gatte sie nicht in seine krummen Geschäfte einweihte, so wusste sie über alles Bescheid. Es ist halt nicht gut, wenn man alle blonden Frauen für dumm hält, auch wenn das Blond unecht ist. Emilia war klar, das es nun um den Ruf der Familie ging und nicht mehr allein um das Wohl und Wehe ihres über alles geliebten Sohn. Die so mühevoll errichtete Fassade ihrer Existenz drohte unter der Wucht der kriminellen Aktivitäten ihres Gatten und des Sohnes zusammenzubrechen. Doch sie konnte nichts tun als zusehen, wie das Schicksal nun seinen Lauf nahm. Brunello forderte den Hausherrn auf mit ihm und seinen Polizisten in den Keller zu gehen, denn sie hätten zuverlässige Informationen, dass sich dort ein größeres Waffenlager befinden soll. Sie gingen durch die Kellergewölbe, der Anwalt folgte seinem Klienten wie ein Schatten. Es war genau so, wie Ornella ihm das beschrieben hatte. Dann standen sie vor einer verschlossenen Tür.

„Herr Giuliano, ich bitten sie die Türe zu öffnen", doch der hatte keinen Schlüssel, beziehungsweise er wusste nicht wo sich der Schlüssel befand. Der Commissario hatte nun die Faxen satt und forderte kurzerhand seine Polizeibeamten auf die Türe mit roher Gewalt aufzubrechen. Der ganze Vorgang wurde seit Betreten der Villa von Anfang an von einem seiner Polizisten gefilmt, damit die Giulianos sich später nicht auf Verfahrensfehler berufen können. Das Brecheisen sprengte die Türe. Brunello schaltete das Licht an und was sie sahen war ein Waffenlager, wie es Brunello zuvor noch nie gesehen hatte. Ornella hatte ihn zwar darauf vorbereitet, doch die Menge der Mordinstrumente war schon enorm. Der geräumige Keller war bis oben hin vollgepackt. Als erster trat der Kollege mit der Kamera ein und machte eine halbe Stunde lang Aufnahmen bis ins letzte Detail ohne auch nur ein Objekt anzurühren.

„Mein Gott, was ist denn das?" entfuhr es Raffaello Giuliano. „Herr Commissario davon wusste ich nichts!"

Es war immer das Gleiche. Niemand wusste von Nichts. Alle waren unschuldig. Doch wie sagt ein schönes Sprichwort aus der alten deutschen Heimat? Unwissenheit schützt vor Strafe nicht!

„Aber Signor Giuliano, das ist schon ihr Haus, oder? Ich habe mich vorher genau erkundigt. Sie sind laut Grundbuchamt hochoffiziell der alleinige Besitzer der Villa Buona Vista und somit für alles verantwortlich was hier geschieht."

Penibel notierte der Schriftführer die Lage der Waffen, die Anzahl der Messer, der Bajonette und Standarten. Mehrere Spezialgewehre Mauser 98, weitere Gewehre aus dem zweiten Weltkrieg, moderne Schrotflinten nebst Zubehör. Für den Commissario war es ein glücklicher Zufall, dass weitere Zielfernrohre einer Mauser 98 gefunden wurden, denn das, was ihm Ornella gegeben hatte lag ja bereits in seiner Jagdhütte. Auch die faschistischen und die nationalsozialistischen Hetzbroschüren wurden genau aufgelistet. Nach anderthalb Stunden waren sie mit der Bestandsaufnahme fertig. Brunello ließ sich das Protokoll von Raffaello Giuliano und seinem Anwalt gegenzeichnen und rief die anderen Kollegen die draußen warteten, um alle Dinge aus dem Waffenlager in den bereit gestellten Polizeitransporter zu laden. Dann stiegen sie wieder hinauf und Brunello befahl seinen Polizisten alle im Haus befindlichen Computer, Telefone und Handys zu konfiszieren. Bevor Brunello sich von den Giulianos verabschiedete wandte er sich noch einmal dem Hausherrn zu.

„Signor Giuliano, was ihren Sohn Salvatore betrifft, er ist trotz dreimaliger Aufforderung nicht auf der Questura erschienen. Wir haben ihn zur Fahndung ausgeschrieben". und ließ die ratlose Familie mit ihren Anwalt zurück.

Brunello lud sich vorsichtshalber eine Filmkopie der Durchsuchung auf einen kleinen Computer-Stick für seine Privatermittlung. Er fuhr in seine Jagdhütte, zog sich eine Zigarette rein und schaute dem Rauch zu, wie er sich in Luft auflöste. Er schien recht zufrieden mit der Entwicklung seines Falles zu sein. Alles war äußerst korrekt zugegangen und dokumentiert, nichts konnte sich mehr wie sein Zigarettenrauch in Luft auflösen. Im Laufe seines Arbeitsleben hatte er gelernt, keine Fehler zu machen. Schon ein einziges falsches Wort, die allerkleinste Unkorrektheit könnte dazu führen, dass ein Fall ungelöst zu den Akten kommt. Commissario Brunello war kein Dummer!

Während er so vor sich hin sann wurde er angerufen. Man hatte Salvatore Giuliano in Sizilien gefasst und nach Bonvento überführt. Er wartete bereits im Gefängnis der Questura auf ihn.

„Ja dann werden wir uns mal das Bürschchen vornehmen" knurrte Brunello und fuhr ins Polizeipräsidium.

1. Verhör in der Questura

Brunello legte eine der gefundenen Mauser 98 mit dem Zielfernrohr auf den Tisch, sorgte dafür, dass das Verhör gefilmt wird und schaltete sein Smartphone ein, als Salvatore Giuliano in Handfesseln vorgeführt wurde. Brunello erhob sich, gab dem jungen Mann die Hand und sagte:

„Guten Tag Herr Giuliano, wie schön dass sie nun doch Zeit gefunden haben mit mir zu sprechen. Bitte nehmen sie Platz. Möchten sie rauchen oder einen Kaffee?"

Der junge Mann hob seine gefesselten, schwarz gefärbten Hände, denn man hatte ihm seine Fingerabdrücke abgenommen und meinte trocken:

„Mit Handfesseln kann ich nicht rauchen und schon gar nicht ihren geschätzten Kaffee trinken."

Brunello nickte und forderte den Kollegen, der zu aller Sicherheit im Raum Wache stand, den jungen Mann von seinen Fesseln zu befreien. Er bot ihm eine seiner Zigaretten an, die er aus Deutschland bezog, gab ihm Feuer und vertiefte sich in die Akte des jungen Kriminellen, der da vor ihm saß. Das dauerte eine ganze Weile, bis der Bursche sagte:

„Hey, Commissario darf ich mir die Waffe mal genauer ansehen?"

Bevor Brunello las ungerührt weiter in seinen Unterlagen. Da war zum Beispiel die Festnahme des damals noch Achtzehnjährigen. Er stand unter dem Verdacht in Florenz ein minderjähriges Mädchen vergewaltigt zu haben. Durch eine großzügige Spende von Unbekannt an das Gericht wurde das Jugendstrafrecht angewandt und ihm dabei seine Fingerabdrücke abgenommen. Der Vergewaltiger wurde, wie durch ein Wunder, solche Wunder passieren häufig in Italien, dann freigelassen, da das blutjunge Mädchen auf Nimmerwiedersehen verschwunden war. Brunello legte die Akte beiseite, beugte sich vor.

„Sicher Salvatore, du darfst. Schau sie dir nur an die Mauser 98, es sind eh nur deine Fingerabdrücke drauf."

Salvatore nahm die Waffe und drehte sie blitzschnell auf den Commissario und schrie:

„Ich erschieß dich, du Sau!"

Der anwesende Polizist war sofort in Deckung gegangen. Brunello stand unbeeindruckt auf ging um den Tisch und verpasste dem Burschen eine schallende Ohrfeige. Zu dem Polizisten befahl er die Bedrohung eines Polizeioffiziers mit einer Waffe schriftlich zu protokollieren einschließlich der Ohrfeige. Das würde später als Notwehr oder eine durchaus nachvollziehbare Affekthandlung behandelt werden. Ungerührt, heute würde man cool sagen, sprach er:

„Salvatore, die Waffe ist ungeladen."

Der fing an zu toben, einen solchen Umgang war das Millionärssöhnchen nicht gewohnt. Er schrie:

„Du Arschloch, ich werde dafür sorgen, dass du elendig verreckst. Bluten sollst du! Ich habe die Beziehungen und die Macht, das zu tun!"

Jetzt wurde es dem Commissario doch zu bunt.

„Salvatore, wenn du mich umbringen lassen willst, dann werde ich dafür sorgen, dass du geteert, gefedert, ans Kreuz geschlagen und verbrannt wirst und irgendwo wie ein räudiger Hund verscharrt wirst. Ich könnte dich und deinen Körper natürlich auch bei lebendigen Leibe in Salzsäure werfen, so wie es bei deiner geliebten Mafia üblich ist. Du bist doch ein kleiner Mafioso, oder? Junge, im Gegensatz zu dir habe ich wirklich die Macht dies zu tun. Alles klar?"

Brunello nahm dem sprachlos gewordenen Burschen die Waffe aus den Händen, legte sie wieder behutsam auf den Tisch und zischte:

„Also, kennst du nun die Waffe? Ja oder Nein?"

Salvatore, genannt Turiddu grinste und schaute sich die eingestanzte Nummer an und sagte:

„Ja die Waffe gehört mir, wie die anderen Mauser, die sie beschlagnahmt haben."

Brunello beugte sich vor und sprach ganz leise:

„Salvatore, hör gut zu! Ich klage dich wegen Mordes an. Mit einer Mauser, wie dieser wurden vor einem Monat zwei Menschen erschossen. Warst Du es, hast du was mit den Morden zu tun?"

Salvatore lehnte sich zurück, grinste den Commissario an und sagte, ganz Herr der Lage:

„ Ohne meinen Anwalt sage ich kein Wort mehr." Genau, das war zu befürchten.

„Salvatore, wenn du geschossen hast brauchst du einen Anwalt. Wenn du nicht geschossen hast empfehle ich dir mit mir zusammenzuarbeiten. Du gehst jetzt wieder in deine Zelle. Ich gebe dir drei Tage Zeit zum nachdenken und erwarte dann deine Entscheidung. Das Verhör ist für heute beendet." Dann ließ er den Burschen abführen.

2. Verhör

Nach drei Tagen wurde Salvatore erneut gefesselt ohne Anwalt zum Verhör in das Büro des Commissario gebracht. Als sei nichts geschehen bot ihm der Commissario wieder eine Zigarette und Kaffee an. Sie rauchten in Ruhe, tranken mit Genuss ihren Kaffee und Brunello begann:

„ Salvatore, Wie schaut´s aus?"

Der wollte ohne Anwalt keine Aussage machen und durfte wieder für weitere drei Tage in seine Zelle gehen um nachzudenken.

3. Verhör

Die Untersuchungshaft ist oft recht hilfreich. Salvatore Giuliano hatte sich entschlossen ohne Anwalt mit dem Commissario zu reden und begann nach der obligatorischen Zigarette.

„Commissario, ich habe die beiden Jäger nicht umgebracht."

Brunello fragte woher er wisse, dass es sich bei den Toten um Jäger handelt.

„Ich war dabei, doch ich habe nicht geschossen, das lässt sich leicht nachweisen. Sie wissen ganz genau, dass aus meinen Mausergewehren, die sie eingesammelt haben, die tödlichen Schüsse nicht abgefeuert wurden."

Brunello schaute sich noch einmal den jungen Mann an. Er mochte den Jungen irgendwie, auch wenn er das Zeug hatte zu einem richtigen Kriminellen, doch er hatte zumindest mit seinen Gewehren die tödlichen Schüsse nicht abgefeuert.

Was ihm gefiel war die Furchtlosigkeit des Jünglings. Wenn man ihn auf den richtigen Weg führen könnte würde er einen hervorragenden Polizisten abgeben. Brunello wechselte das Thema. „Ich hätte da eine Frage, die nichts mit dem Fall zu tun hat. Im Zimmer deiner Mutter sah ich das Original von Enzo Ferrari. Wie kommt es, dass bei den Zagallis, deinen Verwandten ein ähnliches Bild allerdings von einem anderen Maler hängt?"

Mit dieser Frage hatte er, wie er wusste einen Nerv getroffen. Nun flippte der Junge richtig aus.

„Ganz einfach, weil Mamma auf Bitten dem Arschloch von Zagalli eine Kopie anfertigen ließ. Sie wollte ihrem Cousin eine Freude machen. Ich glaube die beiden haben es miteinander getrieben. Der Zagalli war scharf auf Mamma und auf das Portrait von Enzo Ferrari. Er hatte vor vielen Jahren versucht das Originales dem Maler Peter Bauer abzukaufen, doch der lehnte es ab, weil er, so sagte er es meiner Mamma, Arschlöchern wie dem Zagalli keines seiner geliebten Bilder verkauft. Daraufhin hat Mamma dem Peter Bauer das Original abgekauft und ein anderer Maler machte die Kopie, die jetzt beim Zagalli hängt."

Und dann erzählte er ungefragt dem Commissario eine eigenartige Geschichte von Mamma und ihrem Lieblingskünstler dem Peter Bauer. Bei einer Vernissage hatte sie den Maler kennengelernt und sich in dessen Aquarelle verliebt. Sie förderte den erfolglosen Künstler, der droben auf dem Berg sein Atelier hatte. Als der keine Lust mehr hatte Aquarelle zu malen und begann aus den alten

Baumstämmen seiner Oliven Skulpturen zu schnitzen flippte die Mamma total aus. Sie meinte, so etwas Schönes habe die Welt noch nie gesehen. Sie hielt den komischen Deutschen für ein Genie und ermunterte den seltsamen Mann immer mehr zu schnitzen. Sie wurde, wie sie zu sagen pflegte: Seine Muse. Das Wort Muse, sprach Salvatore in einer derart abfälligen Art aus, dass Brunello nachfragte:

„Salvatore, was haben sie gegen Musen? Das sind doch ganz liebe Märchenwesen, die den Künstlern hilfreich zur Seite stehen."

Salvatore ereiferte sich.

„Halten sie mich doch nicht für blöd. Ich gehe aufs Gymnasium. Natürlich weiß ich was Musen sind."

Brunello wollte den Burschen provozieren:

„Ich weiß, dass sie aufs Gymnasium gehen. Ich weiß auch, dass sie zweimal sitzengeblieben sind obwohl ihr Intelligenzquotient weit höher ist als der ihrer Schulkameraden und sie nur mit Hilfe ihres reichen Vaters überhaupt noch die Chance haben das Abitur zu machen um ein ordentlicher Mensch zu werden". Jetzt flippte der Junge aus.

„Sie ignorantes Arschloch, sie haben doch keine Ahnung, wie es bei uns zuhause zugeht. Jeder Macht seins. Niemand kümmert sich um mich. Ist es da ein Wunder, dass einer wie ich, auf die schiefe Bahn gerät? Drugs and Rock´n Roll. Jedes Mädchen und ich wiederhole jedes Mädchen war scharf auf mich und meinen Ferrari. Ich konnte sie alle haben. Was hätten denn sie gemacht, an meiner Stelle, Commissario?"

Auf einmal tat Brunello der Junge leid. Gut, mit Geld konnte man viel erreichen, doch niemals die Achtung und Liebe eines Sohnes. Der tobte weiter. „Und eines Tages hat Mamma diesen esoterischen Arsch gebeten mir ins Gewissen zu reden. Ein Künstler, der nichts auf die Reihe bringt sollte mir, Turiddu, dem Nachfahren des großen Salvatore Giuliano, Anstand, Moral und Ehre beibringen. Dass ich nicht lache!"

Das war also das Motiv, nach dem Brunello suchte. Sein Freund Peter, der jedem jungen Menschen helfen wollte etwas Gutes aus seinem Leben zu machen, hatte diesen jungen Möchtegernmafioso in seiner verkorksten Ehre gekränkt. Hatte ihm die Sinnlosigkeit und Nutzlosigkeit seines Daseins vor Augen geführt. Dabei hatte Salvatore, genannt Turiddu sein Gesicht verloren.

Das Ergebnis: Blanker Hass.

Der derart aufgewühlte Salvatore bat um eine neue Zigarette. Brunello ließ den Kollegen zwei Tassen Macchiato von der Bar holen, denn der Kaffee der Questura war wirklich ungenießbar.

„Salvatore, um dich besser zu verstehen würde ich gern wissen, warum du dich Turiddu nennst. Wer hat dich so genannt, oder hast du dir den Namen selber gegeben?"

Diese Frage brachte den Jungen wieder runter.

„Schon seit meiner Geburt nannte mich der Nono mein kleiner Turiddu. Sie müssen wissen dass Großvater Gino der Patenonkel von dem berühmten Salvatore Giuliano war, zumindest wurde es mir so erzählt. Ob sie es glauben, meine

Familie hat nichts mit der Mafia zu tun!"

Brunello lächelte gequält:

„Meine Informationen sagen mir, dass du sehr wohl Verbindungen zur Mafia hast."

Es war erstaunlich was nun geschah. Salvatore, genannt Turiddu hielt ein Plädoyer über die Mafia. Sein großes Vorbild Turiddu war kein Bandit, er war so eine Art sizilianischer Robin Hood. Ein edler Mensch, der den Reichen nahm um es den Armen zu geben.

„Commissario, warum glauben sie gibt es weltweit die Mafia? Haben sie jemals darüber nachgedacht, außerhalb ihrer staatlichen polizeilichen Denke? Die Mafia ist gelebter Sozialismus, oder wenn sie so wollen ein modernes Gesellschaftsmodell. Heute würden wir es Kapitalismus nennen. Ohne die Mafia könnte Italien gar nicht existieren."

Turiddu konnte gar nicht mehr aufhören diese mörderische Verbrecher über den grünen Klee zu loben. Es würde schwer, wenn nicht gar unmöglich sein, diesen jungen Mann eines Besseren zu belehren. Dass der einen Menschen wie Peter Bauer, der Frieden predigte und die Menschen liebte, abgrundtief verachtet und vernichten würde lag auf der Hand. Als der Enthusiast aufgehört hatte seine Loblieder auf die Mafia und seinen Namensgeber zu singen wechselte Brunello abrupt das Thema.

„Salvatore, als ich bei Euch zu Besuch war fiel mir eine sehr schöne Frau auf. Ich glaube sie heißt Ornella Roma. Kannst du mir etwas zu dieser Person sagen?"

Die Wandlung des jungen Mannes war gewaltig. Sang er gerade noch das Hohelied auf die Mafia kam wieder die Wut über ihn.

„Diese arrogante Schlampe. Die glaubt auch etwas besseres zu sein!"

Für Brunello war es immer besonders ergiebig, wenn er einen zu Befragenden aus dem seelischen Gleichgewicht bringen konnte. Dies hier war geradezu klassisch. Ein junger Mann mit überschäumender Potenz, der allzu gerne die Geliebte seines Vaters durchvögeln würde. Mit diesem geilen Jungen musste man schon in seiner Sprache reden, ihn provozieren damit er endgültig seine Beherrschung verliert.

„Hat sie dich nicht drüberlassen, die Schöne?"

„Ich habe sie gepackt, ihr die Kleider vom Leibe gerissen und wollte mit ihr das machen, was sie auch wollte!"

Brunello provozierte den Jungen erneut.

„Junge, ich glaube du hast keinen hochgebracht!"

Der junge Mann hatte nun schon zum zweiten Male wegen Ornella Romano sein Gesicht verloren und trommelte wie wild auf den armen Tisch und Brunello sagte zum Kollegen:

„Bringen sie ihn weg. Bringen sie ihn einfach nur weg."

4. Verhör

Im vierten Verhör wollte Brunello erfahren woher die Mauser kamen und wie sie in die Hände von Salvatore Giuliano geraten waren. Er erklärte dem jungen Burschen, dass er nicht mehr unter Mordanklage stand. Vielleicht wegen Beihilfe, was nun geklärt werden müsse. Auf jeden Fall säße er nun wegen illegalen Waffenbesitz in Haft.

„Salvatore, wie bist du zu den Waffen gekommen und wenn du mich anlügst, kann ich dir leider nicht helfen."

"Commissario, die Waffen liegen seit Ende des Zweiten Weltkrieges im Keller unseres Hauses. Großvater Gino, der damals zehn Jahre alt war, hat mir erzählt, wie sein Vater mit Freunden ein Waffenlager der deutschen Wehrmacht in der Nähe der Sümpfe gefunden hatte. Die Deutschen waren auf dem Rückzug, wurden von den italienischen Partisanen beschossen und hatten in der Hektik die vielen Waffen und Munition zurücklassen müssen. Wie viele Waffen sie gefunden und nachhause mitgenommen haben, weiß ich nicht, nur dass es sehr viele gewesen sein mussten. Viele der Waffen haben sie verkauft. Die restlichen Waffen haben sie ja gefunden und beschlagnahmt. Die besten waren die Mausergewehre. Mit denen haben wir halt ein wenig rumgeballert, doch wir haben nie auf Menschen geschossen."

Sie tranken ihren Macchiato von der Bar und rauchten ihre Zigaretten. Brunello wollte nun wissen, ob Turiddu Beziehungen zur Mafia hat.

„ Mann, was für eine Frage. Meine Familie kommt aus der Heimat vom Gründer der Mafia. Wir sind eng verwandt mit ihm. Opa ist ein Cousin von ihm. Natürlich bin ich und meine Familie ein Teil der Famiglia Onorabile, ob wir wollen oder nicht."

„ Salvatore, du hast mir deine Familiengeschichte erklärt, doch ich will wissen, ob du aktuelle Beziehungen zu Mafia hast."

Der Mann, der sich Turiddu nannte grinste.

„Commissario, sie sagten anfangs unserer Gespräche, ich solle sie nicht für blöd halten und nun halten sie mich für so blöd ihre Frage mit einem Ja oder Nein zu beantworten."

„Mein Freund, das sind keine Gespräche sondern das ist ein offizielles Verhör, das genauestens protokolliert wird. Also nochmals: Hast du Kontakte zur Mafia?"

Salvatore zischte leise:

„Ich habe Freunde, von denen man sagt, sie haben Beziehungen zur Mafia. Wenn das stimmen sollte, empfehle ich ihnen mich freundlicher zu behandeln, sonst könnte es ihnen so ergehen wie dem Deutschen. Ende unserer Gespräche. Sonst müsste ich beim nächsten Verhör unseren Advokaten hinzuziehen."

Brunello brach das Verhör ab, Salvatore wurde wieder eingesperrt. Es war also klar, dass der junge Mann Beziehungen zur Mafia hat und die ihre Finger im Mordfall hatte. Ob er selbst eine Mafioso war ? Er würde der Sache nachgehen.

Kapitel 7
Das Netz zieht sich zu
7.1 Der Fotograf

Brunello hatte irgendwie den Kanal voll von all dem Abschaum, den Intrigen und den hinterlistigen Morden. Um endlich mal etwas Erfreuliches zu erleben fuhr er hinaus in den kleinen Nachbarort Ponte Bucci, wo ein berühmter Fotograf sein Studio hatte. Sein toter Freund Peter Bauer war mit dem begnadeten Mann im Laufe der Jahre befreundet. Brunello kannte den Fotografen nicht persönlich, doch alle Fotos, mit dem Peter Bauer all seine Prämierungen gewonnen hatte waren von ihm. Der Peter hatte es ihm einmal so erklärt.
Es sei nicht wichtig wie gut oder weniger gut ein Bild gemalt ist oder eine Skulptur geschnitzt ist. Entscheidend ist sie ins rechte Licht zu rücken, denn wenn man sich an einem Wettbewerb beteiligen möchte, muss man Fotos seiner Werke der jeweiligen Jury präsentieren. Im Klartext: Die Jury beurteilt die zu bewertenden Werke nicht in Natura sondern auf Grund der eingesandten Fotos. Will man also einen Preis erringen ist der beste Fotograf gerade gut genug. Und Michelangelo Bramanti war der Beste. Der verdiente sein Geld hauptsächlich mit Fotos und Filmen von Hochzeiten, Geburtstagen und sonstigen Events. Seine heimliche Liebe war es mit Künstlern wie Peter Bauer zusammen zu arbeiten. Da blühte das Genie richtig auf und mit seinen Fotos gewannen

die Künstler ihre Preise und Prämierungen. Für seine Fotos hatte er diverse Spezialkameras und sein Studio mit all den Scheinwerfern und Lichter, um die künstlerischen Werke ins rechte Licht zu rücken. Entscheidend war sein liebenswürdiges Wesen. Peter sagte einmal, der Michelangelo sei einer der wenigen positiven Menschen, die Italien zur Ehre gereichen. Brunello war gespannt, was der Fotograf ihm über ihren gemeinsamaen Freund Peter erzählen würde.

Michelangelo war so um die fünfundvierzig Jahre alt. Sein ehemals schwarzes Haupthaar trug er etwas länger, was ihm die Aura eines Künstlers verlieh. Er hatte das Wesen und das feine Gesicht der toskanischen Menschen, die stolz darauf waren von den alten Etruskern abzustammen. Brunello hatte einen Termin ausgemacht und als erstes zeigte im Michelangelo ein Aquarell von Peter Bauer. Ein sehr spezielles Portrait, wo der Künstler ihn, einen anderen Künstler, trefflich präsentierte. Als er Brunello das Bild wortlos zeigte bemerkte der Commissario wie sich die Augen des Fotografen leicht vernebelten., so als ob ein Tränenschleier seine Linsen eintrüben wollte.

„Der Deutsche war schon ein besonderer Mensch. Er nannte mich seinen Freund und wie ich hörte, sind auch sie sein Freund. Peter Bauer ging mit dem Wort Freund sehr sparsam um. Ich glaube er hatte nicht viele Freunde, die es gut mit ihm meinten.“

Es war eine sehr spezielle Situation. Zwei gestandene Mannsbilder trauerten um einen toten

Freund. Brunello fragte den sympathischen Mann wann und wie er den Peter kennengelernt hat.

„Oh, das ist schon viele Jahre her. Fünfzehn Jahre mindestens. Er brachte Fotos von seinen Aquarellen zum Entwickeln in das Fotogeschäft meines Vaters im Centro Commerciale von Montebene. Die Abzüge gefielen ihm nicht und mein Vater machte sich persönlich die Mühe bessere Abzüge zu erstellen. Der Deutsche war trotz der Mühe meines Vaters hoch unglücklich und unzufrieden. Er erzählte ihm, er wolle sich mit den Fotos beim Premio Firenze beteiligen. Mit diesen Abzügen würden sie ihn gar nicht erst in die engere Wahl einbeziehen. Mein Vater wollte dem Künstler helfen und so meinte er, wenn der Deutsche außergewöhnlich gute Bilder braucht, dann solle er am besten mit den Aquarellen in das Studio seines Sohnes nach Ponte Buggi fahren.

So kam er damals mit drei seiner meisterhaften Aquarellen in mein Studio und ich lernte einen sehr speziellen Typen kennen. Una persona molto particulare – wie wir hier zu sagen pflegen."

Brunello musste grinsen. Wie ähnlich doch all die Geschichten sind, wenn Peter Bauer Freunde gewinnt. Sie beginnen immer mit Ärger und er selbst kommt immer mit einem blauen Auge davon. Brunello glaubte, dass der Peter auf diese Weise in kürzester Zeit den Wert eines Menschen zu erkennen vermag. Erst kam bei ihm die gezielte Provokation, dann das Abtasten und Checken der Persönlichkeit und wenn der Ärmste Gnade vor seinen unbestechlichen Augen erlangte war eine

Zusammenarbeit erst möglich. Mal sehen, wie es hier mit dem genialen Fotografen begann.

„Also, der mürrische Deutsche zeigte mir erst einmal die Abzüge von meinem Vater.. An denen war nichts auszusetzen, doch diese Fotos waren wirklich nicht gut genug für die Jury von Florenz.

Ah – ein Künstler dachte ich mir. Die haben alle einen Schlag. Ewig kritisch mit sich und ihrer Umwelt. Ich strahlte ihn an, nahm seine Aquarelle und in wenigen Minuten fotografierte und entwickelte ich sie. Dann präsentierte ich ihm die Fotos 30 x 40 cm. Zuerst war er überrascht dass ich in nur zwanzig Minuten fertig war. Dann leuchtete sein Gesicht als wenn die Sonne aufgeht. Er lachte und ehe ich mich versah umarmte er mich und schrie: Du bist ein wahrer Michelangelo, du bist ein Genie. Deine Fotos schauen besser aus als meine Originale. Seitdem habe ich mehrere hundert Fotos seiner Aquarelle und später seiner beeindruckenden Olivenholzskulpturen gemacht und auch die Hinterglasbilder seiner bezaubernden Frau. Mit ihren wunderbaren Werken und mit Hilfe meiner Fotos haben die Beiden viele Prämierungen gewonnen. Leider ist seine Frau Eva vor ein paar Jahren verstorben. Die beiden waren ein wunderbares und liebenswertes Paar. Schauen sie, über meinen Computer habe ich ein schönes Bild von ihnen, was mich immer an sie erinnern wird."

Brunello hatte das Foto bereits entdeckt und schaute es sich nun genauer an. Der Fotograf Michelangelo hatte sie genau so fotografiert wie sie waren. Ein glückliches über Jahrzehnte hinweg immer noch verliebtes Ehepaar in einer sich gegenseitig zerfleischenden und ermordenden Welt. Brunello wollte wissen, ob sich der Fotograf vorstellen könnte, wer dem Peter Böses wollte.

„Michelangelo, sie scheinen aber wenig überrascht zu sein, dass man den Peter hinterrücks ermordet hat. Können sie mir das erklären?"

Die Frage erheiterte den Fotografen.

„Oh, da gibt es viele Gründe. Auf der einen Seite war der Peter ein intelligenter, hoch sensibler Mensch. Ein Mann der die Welt erklären und verbessern wollte. Er war in der Lage Gefühle und sogar Philosophie in sein geliebtes Olivenholz zu schnitzen. Wussten sie, dass einer seiner Bewunderer mal sagte: Peter Bauer kann totes Holz wieder zum Leben erwecken?"

Nein, das wusste der Commissario nicht, aber das passte zu seinem Freund. Er unterbrach nicht den Redefluss des Fotografen, denn nun wurde er hellhörig. Michelangelo beschrieb nun die andere Seite des Peter Bauer.

„Peter war ein sehr eigener Mensch. Er tolerierte keine Ungerechtigkeit und wehe, wenn ein Mann eine Frau beleidigte oder Angriff. Er legte sich gerne mit Autoritäten an, was in Italien sehr selten ist. Es fällt uns Italiener leichter zu gehorchen als gegen Ungerechtigkeiten aufzubegehren. Peter war ein Achtundsechziger. Ich weiß nicht ob sie wissen, was das für Menschen sind. Er war ein kämpfender Träumer. Wussten sie, dass er Aquarelle gegen die Mafia und Berlusconi gemalt hat. Er hat sogar zwei Skulpturen gegen die Mafia, die ich hier fotografiert habe in Florenz ausgestellt. Er nannte sie La Piovra 1 und La Piovra 2. Gott sei Dank haben die meisten Besucher der Ausstellung den Hintersinn seiner Werke nicht verstanden. Leider hat er denen dann erklärt wie seine Ungeheuer, die Kraken sein geliebtes Italien auffressen. Wie sie, Herr Commissario wissen, der Krake heißt in unserer Sprache La Piovra und jeder einigermaßen gebildete Italiener weiß dass damit die Mafia gemeint ist. Die meisten können sich nicht vorstellen, dass Peter mehr über Italien, seine guten und schlechten Seiten weiß als der normale arg limitierte Italiener. Sorry, ich müsste sagen sie konnten es sich nicht vorstellen, denn unser Freund ist doch tot! Es ist nur eine Frage der Zeit gewesen wann man ihn eliminiert. Er hat sich mit Fleiß eine Menge Feinde gemacht und es hat ihm Spaß gemacht, sich mit den Mächtigen anzulegen. Er meinte mal zu mir: Viel Feind - viel Ehr. Kommen sie, ich zeige ihnen die beiden Kraken."

Brunello ging mit ihm in seine Laboratorium wo die neuesten Entwickler und Computer standen. Michelangelo öffnete die Fotodateien von Peter Bauer und so sah Brunello zum ersten Male die ungeheure Schaffenskraft seines Freundes. Interessant waren die Fotos einiger Buchtitel wo als Autor Peter Bauer drauf stand.

„Was ist denn das?", entfuhr es Brunello.

„Commissario wussten sie nicht, dass der Peter mehrere Bücher geschrieben hatte? Leider kann ich kein Deutsch und habe somit keines gelesen. Der Peter meinte, es sei besser sie auf Deutsch zu schreiben, sonst würde er im Gefängnis landen."

Brunello, der – wie wir wissen sehr gut Deutsch lesen und schreiben konnte - bat den Fotografen ihm doch die Fotos der Bücher auf seinen privaten Computer zu senden. Das war für den Fotografen nur eine Sache von wenigen Sekunden. Zusätzlich machte Michelangelo eine CD mit allen Fotos von Peter Bauer, die Aquarelle, die Skulpturen und die Fotosessions seiner Ausstellungen.

„Im Internet können sie alles über ihn erfahren. Was er tat, wie er lebte, was er dachte. Sie werden staunen, wen man da ermordet hat."

Brunello bedankte sich und lud den Fotografen auf einen Macchiato in der nahen Bar ein. Sie unterhielten sich noch eine Zeitlang über ihre gemeinsamen Erlebnisse mit dem eigenartigen und eigensinnigen deutschen Freund und waren sich sicher, das würde ihrem toten Freund droben im Himmel gut gefallen. Die Vorstellung, dass Peter Bauer der Atheist im Himmel landen würde, war allerdings schon aberwitzig. Doch die Gnade Gottes, so sagt man, ist unendlich. Wahrscheinlich würde Gott ihn im hintersten Winkel seines Paradieses eine kleine Werkstatt einrichten, sie dann zusperren und den Schlüssel wegschmeißen, damit er kein Unheil anrichten könnte.

Brunello war schwer beeindruckt von diesem Fotografen, der Sachen sieht, die normale Menschen nicht sehen können.

Wahrlich, ein Chronist in diesen wirren Zeiten.

Kapitel 7
7.2 Die Mafia

Angeregt durch den Fotografen, der ihn auf die Bücher seines Freundes aufmerksam machte, hatte sich Brunello die Bücher seines Freundes über das Internet bestellt und sie alle aufmerksam gelesen. Daraus ergab sich für Brunello ein nahezu komplettes Gesamtbild des toten Freundes.

Peter Bauer hatte, wie er wusste, wenige Freunde. Das Besondere an ihnen war, dass sie alle sehr widersprüchlich und die meisten von ihnen bereits tot waren. Und trotzdem sprach der Peter Bauer von ihnen als würden sie leben und ihn hilfreich durch sein aufregendes Leben führen, oder ihn zumindest freundschaftlich begleiten. Wenn sein deutscher Freund von Buddha, Jesus oder Leonardo da Vinci sprach war es mehr Bewunderung. Bei Michelangelo war es fast Liebe. Doch einer seiner absoluten Helden war Sigmund Freud, dem er zu Ehren eine Skulptur schnitzte und damit hoch prämiert wurde, was nicht wundert, wenn man die Skulptur in Natura sehen kann. Er, Brunello hatte nie verstanden was der Peter an diesem ihm unheimlichen Arzt und Erfinder der Psychoanalyse fand. Oft hatte sein Freund ihm erklärt, dass man mit Hilfe der von Freud entwickelten Psychoanalyse das menschliche Verhalten lesen und erklären könne.

Jetzt, beim Lesen der Bücher verstand Brunello, dass alle Bücher seines Freundes mehr oder weniger psychoanalytischer Natur waren. Was immer er schrieb hatte letztendlich mit ihm selbst zu tun. Alle Protagonisten und Helden seiner Bücher waren ein Teil von ihm. Wahrscheinlich unterschied er sich da nicht allzu sehr von all seinen schriftstellerischen Kollegen.

Aus all seinen Büchern konnte man entnehmen, dass er Italien und die Italiener liebte, die Autoritäten, die ihm sein Leben erschwerten schien er aus vollen Herzen zu hassen, zumindest jedoch zu verachten. Es war schon eine sehr sperrige Liebe. Wo es Liebe gibt, da gibt es naturgemäß auch Hass und Abneigung. Die größte Aversion hatte sein toter deutscher Freund gegen die Mafia.

Brunello hatte sich mit Peter sehr oft über dieses Problem unterhalten müssen. Der normale Italiener spricht sehr ungern über unangenehme Dinge, wie Krankheiten, Tod und eben über die Mafia. Sie schämen sich ihrer und die Machtlosigkeit das Problem zu lösen lässt sie schweigen.

Was nun Brunello betrifft so war der kein gewöhnlicher Italiener. Er war mental wohl ein Deutscher und hatte gelernt, dass man bei manchen unangenehmen Dingen nicht einfach wegschauen konnte. Allerdings freiwillig hätte er sich das Problem mit der Mafia nicht reingezogen, da musste schon der Peter ihn dazu provozieren. Beim Durchforsten der Homepage seines Freundes fand er Aquarelle, Skulpturen und eben auch Bücher wo der Peter sich mit der Mafia auseinandersetzte. Brunello fand es schon ein bisschen peinlich, dass ein deutscher Einwanderer sich mit Sachen auseinandersetzte, die eigentlich von Italien und seinen Bürgern gelöst werden müssten. Während Brunello sich eine Zigarette nach der anderen reinzog erinnerte er sich, wie der Peter einst die Mafia mit Vieren und Bakterien verglich, die sein geliebtes Italien zerstörten. Es war spannend und interessant welchen Zusammenhang er da herstellte. Dazu hatte sich der Peter Bauer seinerzeit folgendes aus den Internet notiert:

Bakterien sind Lebewesen, die nur aus einer einzigen Zelle bestehen. Diese Zelle enthält alles, was sie fürs Leben braucht: Erbgut und Zellmaschinen, die Eiweiße herstellen und die Bakterien mit Energie versorgen. Bakterien haben einen eigenen Stoffwechsel - so wie Menschen. Sie vermehren sich, indem sie sich teilen. Zu den Krankheiten, die durch Bakterien ausgelöst werden, zählen zum Beispiel Diphtherie, Cholera, Keuchhusten und Tuberkulose.

Viren hingegen sind infektiöse Partikel und keine Zellen. Sie bestehen meist nur aus einem Erbgutstrang mit einer Eiweißhülle drum herum. Sie haben keine eigenen Zellapparate, um Energie zu erzeugen, Eiweiße herzustellen oder sich zu vermehren. Daher sind Viren auch viel kleiner als Bakterien. Während letztere meist etwa 0,001 Millimeter groß sind, schaffen Viren es gerade mal auf ein hundertstel dieser Größe. Viele Wissenschaftler sehen Viren gar nicht als Lebewesen an. Das ist allerdings davon abhängig, was man unter dem Begriff "Leben" versteht - eine einheitliche Definition dafür gibt es nicht.

Viren können sich nur mit fremder Hilfe vermehren. Sie schleusen ihr Erbgut in die Zellen anderer Lebewesen ein und programmieren diese um: Mit einem Trick bringen sie die fremden Zellen - die Wirtszellen - dazu, fortan nur noch Viruspartikel herzustellen - bis die Zelle platzt und die Viren frei werden. Jedes Virus hat sich auf eine bestimmte Wirtszelle spezialisiert. Einige Viren befallen Pflanzen, andere befallen Tiere oder den Menschen, wieder andere sogar Bakterien. Viren können beim Menschen AIDS, Herpes, Hepatitis, Grippe, Röteln oder Gelbfieber auslösen.

Zum Schluss meinte der Peter Bauer in einem Gespräch mit ihm, man könne das Ganze auch kurz und bündig zusammenfassen.

„Armando, wenn du nun in diesen Texten das Wort Menschen durch das Wort Italien ersetzt dann verstehst du was ich meine. Die Mafia dringt wie Viren und Bakterien in den Großorganismus Italien ein und du hast nur die Wahl zwischen Pest und Cholera. Und jeder in diesem Lande sieht es und keiner versucht es zu retten. Was du mein Freund als Commissario tust ist nichts anderes als die kriminellen Symptome zu bekämpfen aber nicht die Ursache!"

Danach tranken sie ein Glas Rotwein, der Peter stopfte sich seine Pfeife und er rauchte seine Zigaretten in die entstandene Stille hinein. Was hätte er auch da noch sagen sollen? Die Mafia als eine lustige für Italien typische Folkloregruppe hinstellen? Die gerade veröffentlichten Lieder der Mafia mitsingen? Die Augen verschließen? Sich tot stellen wie der Vogel Strauß?

Das einzig Sinnvolle für ihn war, die kriminellen Symptome der Mafia zu bekämpfen. Das würde seinen Freund zwar nicht wieder lebendig machen ihm aber gerecht werden. Mehrere Spuren hatte er.

Da war der verdächtigte Salvatore, dem er die Morde nicht zutraute. Das war ein Angeber und Möchtegernmafioso, ein Sprüchbeutel wie man so sagt. Wenn er es nicht war, so musste es einen Schützen geben, der auf große Entfernungen zu töten versteht. Solche Schützen gibt es nur bei der Polizei, den Carabinieri, der Armee und bei der Mafia.

Nachdem es klar war, dass es sich bei der Mauser 98 um ein Scharfschützengewehr handelt, mit dem man aus großer Entfernung tödlich treffen kann, war er nochmals an den Tatort zurückgekehrt. Da er niemanden traute hatte er Bianca gebeten ihm bei der Spurensuche zu helfen. Sie war eine hervorragende Polizistin, wusste was zu tun ist und vor allem sie stellte keine dummen Fragen. Oft genug hatten sie gemeinsam in Deutschland ermittelt. Mit Hilfe seiner Fotos konnte er die Lage der toten Jäger rekonstruieren. Durch die zwei Einschüsse im Hinterkopf ergab sich ein klarer Schusswinkel. Brunello nahm zwei lange Schnüre, befestigte sie jeweils an der Stelle, wo die Kugeln in die Hinterköpfe der Jäger eingedrungen waren und nach dreihundertfünfzig Metern kreuzten sich die Schnüre und er hatte den Platz gefunden, wo

der Mörder die tödlichen Schüsse abgegeben hatte.
Er rief Bianca zu sich, machte Fotos von der Stelle von der aus geschossen wurde und Fotos vom Ort wo die toten Jäger lagen. Aus dem niederen Gebüsch hatte man eine freie Schussbahn. Dann untersuchten sie akribisch den Platz. Außer den Fußspuren von zwei Personen waren weit und breit keine anderen menschlichen Spuren zu sehen. Es war Hebst, es hatte geregnet und die Abdrücke von Stiefeln, wie sie Jäger trugen waren gut zu erkennen. Es handelte sich um zwei verschiedene Größen mit unterschiedlichen Profilen. Brunello machte wieder seine Fotos. Bianca glaubte zu wissen, wo der Schütze sich niedergelegt hatte um die tödlichen Schüsse abzugeben. Dort wo der Schütze lag war das feuchte Gras niedergedrückt. Gerne hätten sie ein paar persönliche Gegenstände der beiden Personen gefunden, doch hier war offensichtlich ein Profi am Werk, der sein Handwerk verstand.
Auf der Rückfahrt fragte Brunello seine Frau ob sie den Salvatore Giuliano persönlich kennt. Bianca kannte den jungen Mann. Er ging mit Vera auf die gleiche Schule und war ihr bei einigen Wohltätigkeitsfesten der Giulianos begegnet. Sie kannte ihn nur als einen gut erzogenen und gut gekleideten jungen Mann. Auch sie konnte sich nicht vorstellen, dass der zu einem Mord fähig war.
„Auch wenn er in schlechten Kreisen verkehrte so hieß das noch lange nicht dass er ein Mörder ist".
Brunello knurrte, denn er hatte bereits mehrere Stunden mit dem Bürschchen verbracht.

„Aber er weiß mehr als er zugibt. Ich werde ihn mir noch einmal vornehmen."

Brunello fuhr am nächsten Tag in die Landeshauptstadt in das berühmte „Hunter" einem Spezialgeschäft für Angler und Jäger. Dort legte er dem Schuhverkäufer die Fotos mit den Schuhprofilen vor. Die kleineren Profile erkannte er sofort. Es handele sich dabei ohne jeden Zweifel um die Marke „Deer" und die Schuhgröße 40. Er meinte fast alle italienischen Jäger bevorzugen den Deer. Das Profil des größeren Schuhes kenne er nicht. Es müsse sich um ein ausländisches Fabrikat handeln. Da müsse er mal kurz in den Computer schauen. Nach kurzer Zeit hatte er es gefunden. Es handele sich um ein amerikanisches Produkt namens „Scout" und auch die Schuhgröße 43 konnte er durch das Foto von Brunello festlegen.
Mit diesen Informationen versehen fuhr der Commissario in die Villa Buona Vista. Die Leibgarde kannte ihn mittlerweile und ließ ihn durch ohne Ärger zu machen. Erfreulicherweise war nur Ornella anwesend, die ihn herzlich begrüßte. Sie gingen in das Jagdzimmer des Patron und Brunello staunte nicht schlecht. Da hingen die ausgestopften Schädel von Tieren, die allesamt auf der Verbotsliste der unter Artenschutz stehenden Wildtiere waren. Ornella meinte trocken:
„Die Giulianos sind seit Generationen Jäger und scheren sich einen Dreck um Verbote."
Brunello fragte, wo die Stiefel aufbewahrt würden. Ornella führte ihn zu dem Schuhschrank. Da

standen sie alle, fein geputzt. Die Stiefel hatten alle das gleiche Profil der Marke Deer. Der Vater hatte Schuhgröße 45 und die kleineren hatten die Schuhgröße 40. Brunello nahm Stefanos Stiefel an sich und schrieb eine Bestätigung des Erhalts, die er Ornella für die Giulianos gab.

„Der guten Ordnung halber, damit du keinen Ärger bekommst. Und wie geht es dir sonst?"

„Tutto va bene. Alles ist gut. Die Giulianos haben Kontakt mit Sizilien aufgenommen. Und Emilia hat mit ihrem Vater in Mailand telefoniert. Seit der Verhaftung von Salvatore haben sie Geheimnisse vor mir."

„Das kann ich mir gut vorstellen" brummte Brunello grimmig, gab ihr zum Abschied wie in Italien üblich einen Luftkuss auf die linke und rechte Wange, was der Schönen offensichtlich gefiel. Mit den Stiefeln bewaffnet fuhr er zum erneuten Verhör ins Ufficio.

Kapitel 7
7.3 Turiddu 5. Verhör

Die Verhöre waren zu einem festen Ritual geworden. Salvatore trat ein, man nahm ihm die Fesseln ab, sie rauchten wieder ihre Zigaretten, tranken den heißen Macchiato den Brunello wieder extra aus der Bar neben der Questura holen ließ und stellte Salvatores Jagdstiefel auf den Tisch.

„So Salvatore, nun erzähl mal. Wie kommen die Abdrücke deiner Stiefel an den Tatort? Und erzähl mir keine Märchen!"

In den Wochen im Polizeigewahrsam war sich der junge Mann der Hoffnungslosigkeit seiner Situation bewusst geworden und er suchte krampfhaft nach einem Ausweg. Doch dieser Commissario machte im Gegensatz zu den Polizisten mit denen er bisher zu tun hatte Ernst. Dieses Mal würden ihm die Beziehungen und das Geld seiner Familie nicht helfen und ob auf seine sogenannten Mafiafreunde Verlass ist wagte er mittlerweile zu bezweifeln. Wahrscheinlich war er da an eine kleinkriminelle Bande geraten, die ihn Häuptling hatten spielen lassen. Wieder versuchte der Junge einen Deal zu machen.

„Commissario, was bekomme ich, wenn ich die Karten auf den Tisch lege und eine umfassende Aussage mache?"

Brunello musste grinsen. Die Unverschämtheit des

Burschen schien grenzenlos und Angst kannte er offensichtlich nicht. Salvatore deutete das Lächeln im Gesicht des Commissario völlig falsch, denn der wurde nun todernst.

„Niente! Nichts Salvatore. Du bekommst gar nichts! Kein Deal! Niemand kann dir hier helfen. Niemand wird dir helfen. Du bist allein, ganz allein! Ich kann beweisen, dass du im Besitz illegaler Waffen bist. Ich kann dir nachweisen, dass du am Tatort warst. Die Anklage wird lauten: Mord! Eventuell, wenn ich mag, nur Anstiftung und Beihilfe zum Mord Auf jeden Fall illegaler Waffenbesitz. Du kannst dir das Strafmaß aussuchen und wählen zwischen lebenslang und 30 Jahren. Wie hättest du es denn gerne?"

Salvatore, genannt Turiddu, brach zusammen. Äußerlich wahrte er die Fassung, doch innerlich war da etwas kaputt gegangen. Nicht, dass er auf einmal geläutert war oder gar der heilige Geist über ihn gekommen wäre. Nein, es war lediglich die schmerzliche Erkenntnis was für ein kleines Arschloch er war. Das tut weh! Und genau das wollte er jetzt und sofort ändern und so erzählte er ungeschminkt den gesamten Hergang.

Er hatte sich damals derart über die Gewissensrede des deutschen Künstlers geärgert, dass er dem auch mal eine Lektion erteilen wollte. Genau so wie der ihm eine Lektion erteilt hat. Und sie sollte richtig weh tun. In der Bar am Marktplatz hatte er oft genug die wüsten Drohungen gegenüber dem Peter Bauer von dem Jäger Ignoranti gehört. Er, Salvatore mochte den arroganten Schuhdesigner nicht, doch er konnte ihn vielleicht wegen seines Hasses auf den Deutschen gut manipulieren. So spendierte er ihm mehrere Macchiati und verabredete sich mit ihm an einem geheimen Ort und bot ihm eine Menge Geld an, wenn er dem Deutschen auf dessen eigenen Grund mächtig Angst einjagen würde. Der Jäger Ignoranti war geschmeichelt, dass er die Aufmerksamkeit vom Giuliano Junior gewonnen hatte und versprach sich für die Zukunft viele Vorteile.

Salvatore war es wichtig den Deutschen auf seinem eigenen Privatbesitz Angst einzuflößen. War der nicht auch in sein Elternhaus eingedrungen und ihn ungebeten im Schutz seiner Familie Mores gelehrt?

Ignoranti war sofort einverstanden aber er wollte unbedingt seinen Spezi Pazzo dabei haben. Salvatore war das gerade recht, denn Zwei machen mehr Angst als nur Einer. Da der Ignoranti meist in der Nähe des Olivenhaines des Deutschen jagte um ihn zu ärgern, wusste er dass Peter Bauer in dieser Zeit im Gelände arbeitete um die bevorstehende Olivenernte vorzubereiten. Also, die Gelegenheit war günstig. Salvatore bot Ignoranti 10.000,00 Euro in bar und zwei schicke, funkelnagelneue Jagdausrüstungen für ihn und den Pazzo für den Spaß. Einzige Bedingung war, sie sollten dem Deutschen nur einen gehörigen Schrecken einjagen ihn aber weder verletzen noch töten.

„Commissario, ich schwöre ihnen, sie sollten ihm nur einen Schrecken einjagen. Wirklich, ich schwöre es!"

Im Grunde hatte Brunello sein Geständnis, doch er wollte den ganzen Tathergang erfahren und so fragte er weiter:

„Salvatore, du hast keine Ahnung wie viele Schwüre, Eide und Meineide ich hier in diesem Büro schon gehört habe. Tun wir mal so, als glaubte ich dir. Wie ging es dann weiter an jenem Samstag, den 23. August? Warum hast du ausgerechnet den 70. Jahrestag des Eccidio für deinen sogenannten Spaß gewählt?"

Nachdem Salvatore angefangen hatte zu beichten war es nun wirklich egal.

„Das Massaker in den Sümpfen da draußen vom 23.August 1944 ist mir scheißegal, doch ich wollte Eindruck bei den Hinterbliebenen machen und vor allem bei den Klassenkameraden. Einen Deutschen an den Jahrestag deutscher Schande vorzuführen fand ich cool. Der Ignoranti hatte mir die Stelle im Olivenhain vorher gezeigt und ich legte mich einige Meter weiter auf die Lauer um zuzusehen, wie sie ihn einschüchtern wollten."

„Salvatore, hast du die Mauser 98 mitgenommen?"

„Nein Commissario. Wozu denn? Die Jäger hatten doch ihre Schrotflinten dabei!"

„Und dann hast du zugesehen, wie Ignoranti und Pazzo den Deutschen von hinten mit ihren Schrotgewehren zersiebt haben?

„Ja, es war furchtbar und ich war starr vor Schreck. Das war so nicht ausgemacht. Das wollte ich nicht. Glauben sie mir."

Brunello glaubte erst mal gar nichts und forderte Salvatore auf weiter zu erzählen. Fest stand nun, dass Salvatore an dem Platz anwesend war, wo die tödlichen Schüsse auf Peter Bauer abgefeuert wurden. Er war definitiv ein Augenzeuge und er hatte Angst. Vor Was? Vor Wem?

„Ich sage jetzt nichts mehr" schrie der junge Mann.

Also begann das Spielchen wieder von vorne.

„Wachmann führen sie den Salvatore zurück in seine Zelle, damit er Zeit zum nachdenken hat."

Das funktionierte, denn der flehte:

„Nein, nicht zurück in die Zelle, da werde ich wahnsinnig. Commissario ich sage alles, doch versprechen sie mir, dass das unter uns bleibt."

Brunello überlegte eine Zeit, dann bat er den Wachmann das Zimmer kurz zu verlassen.

„Salvatore, ich verspreche dir gar nichts", schaltete sein Diktiergerät ein und diktierte:

„Aussage von Salvatore Giuliano zum Tathergang" und wartete auf die Dinge, die er hören wollte.

Derart eingeschüchtert berichtete Salvatore folgendes. Während sich die Jäger an den Deutschen heranschlichen und ihn erschossen erschien hinter ihm wie aus dem Nichts ein vermummter Mann mit einer Mauser 98, drückte ihn zur Seite, hob die Waffe und erschoss blitzschnell die Jäger Ignoranti und Pazzo. Dann sammelte er die zwei Patronenhülsen ein, schaute ihn lange an, legte den Zeigefinger auf seinen Mund und machte eine unmissverständliche Bewegung mit dem Zeigefinger, als würde er ihm den Kopf abschneiden, dabei sagte er mit einem fremdartigen Akzent:

„ Du sprechen mit Polizei, du und Familie tot"

und verschwand wieder im Nichts. Er habe sich vor Angst fast in die Hose gemacht und sei so schnell wie möglich nach hause gerannt. Warum der Mann ihn nicht auch getötet hatte war ihm bis heute ein Rätsel. Wo er doch Mitwisser war und ihn von Angesicht zu Angesicht gesehen hatte.

„Salvatore, kannst du den Mann beschreiben?"

„Ja, er war etwas größer wie ich. Hatte schwarz geölte Haare hinten zu einem Zopf gebunden. Er sprach nur gebrochen Italienisch."

Brunello wollte wissen ob er diesen Mann schon einmal gesehen habe, was Salvatore zuerst verneinte. Nach einer Ermahnung und längerem Nachdenken meinte er den Mann schon einmal zuhause gesehen zu haben wo er mit seiner Mutter ein Gespräch geführt habe.

Brunello fragte nach: „Was für ein Gespräch?"

Salvatore „Sie haben sich geküsst."

„Geht doch. Salvatore. Bis wir den Mann gefasst haben, nehme ich dich vorsichtshalber in Sicherungsverwahrung. Nicht dass du auch noch erschossen wirst. Ich benachrichtige deine Eltern, damit sie dir Sachen zum Wechseln bringen."

„Commissario, wann komme ich wieder raus?"

Brunello musste grinsen bei so viel Naivität. Gerade noch wollte der Junge den Helden spielen, dann hatte er Glück nicht erschossen zu werden und nun wollte er nach Hause zu Mamma um sich unter deren Rockschößen zu verstecken.

„Salvatore, wenn du sterben willst, ich kann dich sofort gegen eine Kaution freilassen. Doch vorher machen wir schnell noch eine Skizze aufgrund deiner Beschreibung von dem Killer, damit wir später wissen, wer dich später erschossen hat."

Ja, auch der Commissario Brunello war im Laufe der Jahre ein richtiger Toskaner geworden, ausgestattet mit deren feiner Ironie. Salvatore konnte allerdings gar nicht darüber lachen. Der Zeichner kam und erstellte ein Portrait des Killers nach den Angaben von Salvatore.

Es handelt sich um einen gut aussehenden Mann. Er könnte ein Italiener sein, doch wegen des Akzentes auch ein Ausländer. Herkunft ungewiss. 180 cm, schwarz geölte Haare zum Zopf gebunden. Besonders auffallend die wachen Augen. Ein eiskalter Typ.

Kapitel 8

8.1   Psychogramm eines Killers

Brunello hatte das Gefühl nun in die Endphase seiner Ermittlungen zu treten. Zumindest glaubte er es. Er zeigte das Portrait seinen Kollegen, Bianca und seinen Kindern, doch keiner kannte den gut aussehenden Mann. Mit der Zeichnung des Killers bewaffnet machte er einen Termin bei den Giulianos. An der Einfahrt machten die Bodyguards wieder ihre Spielchen. Brunello machte von jedem ein schönes Foto und nannte jeden beim Namen und seinen Vorstrafen. Der gesuchte Killer war natürlich nicht unter ihnen.

Die Giulianos warteten bereits auf ihn. Sie hatten das Spielchen am Eingangstor über ihre Überwachungskameras verfolgt und wussten, der Commissario war sauer. So begrüßten sie ihn mit aller Freundlichkeit. Und die war auch angebracht. Ihr Sohn Salvatore war als Mordverdächtiger im Gefängnis, die Unterlagen ihrer Geschäfte konfisziert und die Zukunft versprach nichts Gutes. Zuerst begrüßte ihn Ornella mit einem bezaubernden Lächeln, doch Brunello war nicht zum Flirten da. Eingeschnappt führte sie ihn in den Salon wo das Ehepaar Giuliano auf ihn wartete. Sie standen eng beieinander als wollten sie sich gegenseitig schützen. Dann der übliche Smalltalk mit Kaffee und Kuchen, doch dann bat Brunello die Dame des Hauses allein zu sprechen. „Wenn es geht ohne Anwalt, denn es handelt sich

144

vorerst um ein rein informelles Gespräch. Sollten sie auf die Anwesenheit ihres Anwalt bestehen, dann würde ich sie Emilia Zagalli für morgen Vormittag um acht Uhr zu einem offiziellen Verhör bitten, mit oder ohne Anwalt."

Mittlerweile hatte die Familie Giuliano gelernt, dass es vorteilhaft ist die Dinge gütlich zu regeln.

Signor Giuliano verließ nur ungern den Salon, Ornella brachte noch einen wunderbaren Macchiato und wollte sich zu ihnen setzen, doch Brunello knurrte sie an:

„Signorina Romano, ich möchte gerne alleine mit Emilia Zagalli reden."

Ornella wurde rot, denn mit fünfunddreißig Jahren war man alles, bloß keine Signorina mehr. Sie verließ gekränkt den Raum. Brunello holte das Fahndungsbild des vermeintlichen Killers und zeigte es Emilia Zagalli. Als sie das Konterfei ihres Geliebten sah erschrak sie sehr und flüsterte:

„Commissario lassen sie uns am besten in meine Privatgemächer gehen. Hier ist alles per Video überwacht."

„Gerne, Signora Zagalli, das ist eine gute Idee "

Sie gingen in den Teil des Gebäudes, wo sich die Dame des Hauses ungestört bewegen konnte. An den Wänden hingen sehr schöne Portraits und Aktbilder von ihr, die bei genaueren Hinsehen alle von Peter Bauer waren.

„Schöne Bilder Signora. Peter Bauer hat mir erzählt, als er noch am Leben war, dass sie sich sehr um seine Karriere als Maler verdient gemacht haben."

Traurig antworte sie:

„Der Peter war ein großartiger Maler, mehr noch, er war ein wunderbarer Mensch. Welch eine Tragödie. Es gibt so wenig gute Menschen. Welche Bestie hat ihn auf dem Gewissen?"

Sie hatte offensichtlich immer noch keine Ahnung, dass ihr Geliebter der gesuchte Mörder der beiden Jäge war. Nach einer längeren Anstandspause fragte Brunello ernst:

„Signora Zagalli, ich glaube dieser Mann hat seine Finger im Spiel. Wer ist dieser Mann und bitte belügen sie mich nicht. Ihr Sohn hat mir erzählt, dass er diesem Mann zugesehen hat, als er die beiden Jäger Pazzo und Ignoranti erschossen hat. Ferner berichtete er mir den Mann in ihrem Hause mit ihnen zusammen gesehen zu haben. Sie sollen ihn geküsst haben?"

Derart in die Enge getrieben erzählte Emilia Zagalli die Romanze, die vor vielen Jahren in Mailand begann. Sie besuchte die amerikanische Schule in Mailand und war damals ungefähr sechzehn Jahre alt und ein bildschönes Mädchen. Dort hat sie den fünf Jahre älteren Michele kennen und lieben gelernt.

Brunello unterbrach: „Wie heißt dieser Michele?"

Emilia seufzte, denn ihr war klar, dass sie ihren Geliebten ans Messer liefert. Doch um ihre Familie und ihren Sohn zu retten hatte sie keine Wahl.

„Sein richtiger Name ist Michael MacLeod, er ist Schotte und seine Eltern sandten ihn nach Mailand, um die italienische Sprache seiner Vorfahren zu erlernen, denn seine Mutter kam aus Sizilien."

So langsam bekam für den Commissario Brunello die ganze Sache ein Gesicht. Alle Fäden dieser verworrenen Geschichte führen nach Sizilien. Und Sizilien bedeutet Mafia. Emilia erzählte nun weiter von Ihrer wunderbaren Familie, in der sie eine glückliche Kindheit verbrachte. Brunello hörte ihr zu und dachte für sich: Wie sich doch die Menschen ihre Kindheit zurecht lügen. Er hatte sich kundig gemacht. Die Familie Zagalli gehörte zu den reichsten Bürgern Mailands und es hieß, sie wären Mitglieder in einer der Freimaurerlogen, die seinerzeit wie Pilze aus dem Boden schossen. Im Volksmund wird Mailand auch Tangentopolis genannt, die Stadt der Korruption, der Schmiergelder und des ganz großen Betruges. Man konnte davon ausgehen, dass die Hauptstadt der Lombardei mittlerweile die aktuelle Zentrale der Mafia für ihr weltumspannendes Imperium ist. Corleone in Sizilien ist Vergangenheit. Nur noch Folklore!

Alle Kinder dieser Elite wurden auf die amerikanische Schule geschickt, damit sie dort schon in frühester Jugend lernen gemeinsam die Geschicke der Famiglia Honorabile zu lenken.

„Und wie ging es nun weiter zwischen Ihnen und Michele?

Ja, so erzählte Emilia, ja dann nach dem Abitur und dem Studium der schönen Künste gingen ihre Wege auseinander. Michele musste zurück nach Schottland um die Geschäfte der Familie zu führen. Er schrieb ihr noch eine Zeitlang Briefe, doch es wurden immer weniger bis keiner mehr kam. Dann erstickte ihre Stimme und sie hörte auf weiter zu erzählen. Brunello ließ ihr ein wenig Zeit, doch dann wollte er es genauer wissen.

„Emilia Zagalli, wie kam es dazu, dass Michele wieder ihr Geliebter wurde?"

Emilia war zu erschöpft um weiter reden zu können und bat den Commissario um eine Pause.

So verabredeten sie sich für den nächsten Tag, was Brunello recht war, konnte er sich zwischenzeitlich kundig machen wer dieser Michael MacLeod wirklich war.

Kapitel 8
Psychogramm eines Killers
8.2   MacKillimi

Es war gar nicht so leicht etwas Wesentliches über
Michael MacLeod in Erfahrung zu bringen. Die
Recherche im Internet und in den Polizeiakten
überließ er Bianca. Das war ihre Welt, in der sie
sich besser auskannte als er.
Aus dem Geburtenregister der Familie MacLeod in
der Stadt Inverness in der Grafschaft Invernesshire
im Norden von Schottland ging hervor, dass am 1.
April 1979 ein Junge namens Michael MacLeod
geboren wurde. Das war alles. Auch die Auskünfte
der amerikanischen Schule in Mailand und die der
Universität Florenz waren wenig ergiebig. Nur
Eintrittsdaten   und   Abschlussdaten.   Michael
MacLeod muß ein ungewöhnlich begabter Student
gewesen sein. Alle Abschlüsse bestand er mit
Bestnoten. McLeod hatte in Florenz Archäologie
studiert und verließ die Uni mit einem Doktortitel.
Einen letzten Hinweis fand Bianca in den
Unterlagen der Universität in Trapani in Sizilien.
Dann verlor sich seine Spur. Kein Hinweis auf
seine kriminelle Zukunft. Doch ein international
tätiger Killer hinterlässt nun mal Spuren beim FBI,
bei der NSA, beim New Scotland Yard, beim
italienischen Geheimdienst und auch im Internet.
Brunello übernahm nun die weiteren Ermittlungen.
Er fragte zuerst bei seinen Exkollegen in München,
doch die hatten keine Informationen. FBI und die

NSA blockierten und wollten einem italienischen Polizisten keine Auskunft erteilen. Das ginge nur auf höherer Ebene. Brunello dachte, eine höhere Ebene als das Aufspüren von Mafiakillern gäbe es nicht. Aber er hatte keine Zeit sich über die Borniertheit der Systeme zu ärgern. Zuletzt wandte er sich an die Kollegen der Guardia di Finanza. Mit denen konnte er gut. Sie und die Polizei waren die Einzigen die sich trauten, sich mit der Mafia anzulegen. Der Preis war hoch, viele von ihnen wurden erschossen, ermordet oder in die Luft gesprengt. Ein Kollege aus Sizilien machte ihn auf einen Berufskiller der Mafia aufmerksam. Sein Künstlernahme war MacKillimi und man hatte ein Foto von ihm. Ein zwar altes Foto, doch es handelte sich ohne Zweifel um Michael McLeod. Man wusste nicht viel über ihn, eigentlich gar nichts, doch man unterstellte ihm viele Attentate und Morde im Auftrag der Mafia. Man war bei der Guardia di Finanza der Meinung es handle sich bei MacKillimi um einen sehr ungewöhnlich intelligenten und hochgefährlichen Berufskiller. Auf Brunellos bitte übersandte man ihm eine Liste mit Daten und Orten aller unaufgeklärter Morde und Terroranschläge der letzten 20 Jahre. Das würde weiter helfen.

Am nächsten Tag fuhr er wieder in die Villa der Giulianos um sein Gespräch mit Emilia Zagalli fortzusetzen. Doch er brach es nach kurzer Zeit ab, da er mittlerweile mehr wusste als sie. Bianca hatte folgendes herausgefunden

Die Universität von Trapani war die letzte Stelle, wo Michael MacLeod offiziell gemeldet war. Trapani ist eine quirlige Stadt mit mehr als 70.000 Einwohnern und liegt am Nordwestzipfel von Sizilien. Dort befindet sich eine Außenstelle der Universität Palermo. MacLeod war dort für mehrere Jahre als Dozent für Archäologie tätig. Im Rahmen seiner wissenschaftlichen Arbeiten musste er viele Auslandsreisen tätigen. Eine ideale Tätigkeit und ein traumhafter Ort um einerseits unauffällig zu leben und andererseits von dort aus seinem exquisiten Hobby nachzugehen, nämlich Menschen umzubringen.

Es waren eine immense Summe von Überstunden aufgelaufen und so nahm sich Brunello ein paar Tage Sonderurlaub, fuhr in seine Hütte um Jagd auf MacLeod zu machen. Er loggte sich in die Administration der Universität Trapani ein. Aus der Personalakte von MacLeod entnahm Brunello alles was er brauchte um nach ihm fahnden zu können.

Name	Michael MacLeod
Geburt	1.April 1979
Geburtsort	Inverness, Schottland
Beruf	Dozent seit 1.Januar 2009
Wohnort	Trapani
Straße	Via Dolorosa,12
Hobby	Sport
Dienstreisen	sieh Anlage

Ferner folgende kurze Personenbeschreibung:
Michael MacLeod ist ein freundlicher Mensch mit
liebenswürdigen Umgangsformen. Als Dozent
zeigt er große Kompetenz. Bei den Studenten ist
er sehr beliebt wegen seines unkomplizierten und
kollegialen Umgang mit ihnen. Um die sportlichen
Aktivitäten der Studenten zu fördern hat er den
Uni-Schützenverein gegründet und ist seit Jahren
Vorsitzender (Schützenkönig seit Anbegin).

Für Brunello hieß das nichts anderes, als dass der
Killer stets in Übung und guter Form war. Er
speicherte alle Dienstreisen von MacLeod in
seinen privaten Computer. Dann startete er ein
spezielles Suchprogramm um die Zeiten zu
vergleichen mit der Liste seines sizilianischen
Kollegen und mit den Daten und Orten aller noch
unaufgeklärter Morde und Terroranschläge
weltweit der letzten 20 Jahre. Die Software hatten
ihm die Kollegen aus München zugesandt. Nach
wenigen Minuten meldete der Computer die
zeitliche Übereinstimmung von mehr als zwanzig
Mordfällen und Terrorakten und weiteren
kriminellen Handlungen, die nicht direkt
MacKillim zugeordnet werden konnten. Brunello
ließ alles ausdrucken und suchte nach weiteren
Übereinstimmungen.
15 Morde wurden mit einer Polizeiwaffe, einer
Beretta 92 verübt. Die Analyse der Patronen ergab,
dass es sich immer um dieselbe Waffe handelte.
Bei den anderen offenen Morden wurden Messer,
Chemikalien, Benzin und Fernzünder eingesetzt.

Brunello bat die Kollegen in Sizilien umgehend die Wohnung von MacLeod in Trapani zu untersuchen. Er hoffte auf sachdienliche Hinweise, denn viele Mörder sammeln Trophäen ihrer Morde. Aufgrund seiner gezielten Anfrage waren die Kollegen sofort vor Ort. Wie nicht anders zu erwarten war fand man nichts, doch Brunello war nicht unzufrieden. Er hatte den Mörder der beiden Jäger gefunden, doch noch waren ihm die Zusammenhänge verborgen. Wahrscheinlich war der Schotte MacLeod ein freiberuflicher Killer, was nicht ausschloss dass er als MacKillimi auch Aufträge für die Mafia annahm. Brunello war sich sicher, wenn er weiter graben würde um den Mord an Peter Bauer aufzuklären würde er unweigerlich bei dem Liebhaber von Emilia Zagalli landen.

Das Problem war, dass sein Freund Peter sich mit zuviel Autoritäten und unangenehmen Menschen angelegt hatte und dass die Zahl der möglichen Täter groß war.

Die Vorstellung, dass zwei einfache Jäger einen Deutschen so mir nichts dir nichts hinterrücks erschießen, konnte er sich nicht vorstellen. Jäger in Italien sind generell keine Mörder, auch wenn Peter Bauer sie als Mörder bezeichnete. Vandalen vielleicht. Peter Bauer war der Ansicht, das man prinzipiell nicht auf Lebewesen schießen sollte. Egal ob es sich um Menschen oder Tiere handelte. Wenn er die toten Rotkehlchen auf seinem Gelände aufsammelte stieg Wut in ihm auf. War halt ein Grüner, ein Naturfreund und Pazifist. Er erzählte ihm einmal, dass er bei dem damals gesetzlich vorgeschriebenen Wehrdienst in der Bundeswehr zum Pazifisten geworden war. Er hatte seitdem nie mehr eine Waffe in den Händen gehabt.

Je mehr Brunello sich in den Fall verbiss, desto mehr kam er zu der Überzeugung, dass es sich um einen persönlichen Racheakt handeln musste und so kam er immer wieder auf Salvatore Giuliano. Hatte er in den Verhören nicht zu Protokoll gegeben, dass das Gespräch seinerzeit mit Peter Bauer auf Geheiß seiner Mutter ihn sehr verletzte.

Er wollte noch einmal mit ihm und seiner Mutter sprechen.

Kapitel 8
8.3 Turiddu 6. Verhör

Durch die vielen Verhöre war der junge Mann zermürbt, sein Widerstand war gebrochen.
Brunello hatte eigentlich keine Lust mit ihm weitere Zigaretten zu rauchen und Macchiato zu trinken. Doch er wollte den wahren Grund wissen, warum Salvatore die Jäger auf seinen Freund gehetzt hatte.
„Warum hast du den Jägern Pazzo und Ignoranti den Auftrag gegeben Peter Bauer zu erschießen?"
Das saß, Salvatore rang nach Luft, Tränen rannen aus seinen Augen.
„Sie sollten ihm doch nur Angst einjagen!"
Brunello: „Der Mann hat dir doch nichts getan"
Außer sich vor Wut schrie Salvatore:
„Nichts getan? Der Mann hat mich beleidigt.Er sagte, ich solle mein Leben auf die Reihe bringen. Er sagte, ich solle endlich ein ordentlicher Mensch werden, damit meine Eltern sich nicht mehr meiner schämen müssen. Was glaubt dieses Arschloch wer er sei? Mein Vater? Meine Mutter? Gott?"
Salvatore krümmte sich vor Schmerzen. Dieses Gespräch war wohl das Schlimmste in seinem noch so jungen Leben.
Brunello seufzte. Da kannte er sich gut aus. Die heutige Jugend will alles, will alles sofort und gleich. Autoritäten akzeptierten sie nicht mehr. Die Eltern waren nur noch Zahlvieh. Staat und Kirche

hatten total versagt. Ihre schrägen Idole holten sie sich aus dem Internet. Brunello kannte sich da aus.

Auch er und Bianca taten sich schwer ihren Kindern die alten, ewig gültigen Werte zu vermitteln. Paolo und Remo hörten schon lange nicht mehr auf sie. Sie waren erwachsen und suchten ihren eignen Weg. Nur Vera schien die Werte der Eltern zu verstehen.

So versucht er es mit elterlichen Verständnis.

„Salvatore, du kannst doch einen Menschen nicht ermorden lassen, nur weil er dir versucht hat zu helfen. Was hast du da angestellt? Du wirst verurteilt, weil du den Auftrag gegeben hast. Also erklär es mir."

Und so erzählte Salvatore, genannt Turiddu die ganze Geschichte.

Nach dem aufwühlenden Gespräch mit Peter Bauer wollte er dem nun auch mal eine Lektion erteilen. Aus der Ladenkasse des Autogeschäftes nahm er 10.000 Euro und beauftragte die beiden Jäger, dem Peter Bauer aufzulauern und ihn mit Schüssen so zu erschrecken, dass ihm die Lust vergeht andern auf den Pfad der Tugend zu bringen. Sie hatten Ort und Tat miteinander abgestimmt, damit er da ei zusehen könnte. Was dann geschah, dafür sei er nicht verantwortlich.

„Ich habe ihnen keinen Mordauftrag gegeben! Commissario, das müssen sie mir glauben!"

Es ist nicht die Aufgab eines Commissario irgendetwas zu glauben.

„Salvatore, ich kann Pazzo und Ignoranti nicht

mehr befragen, sie sind tot! Doch zurück zu dem Unbekannten, den du mit deiner Mutter im Haus beobachtet hast. Kannst du mir mehr darüber erzählen?"
Der junge Mann konnte nicht mehr. Er heulte wie ein Schlosshund und Brunello brach das Verhör ab.

So fuhr Brunello wieder zur Villa Buona Vista.
Die geheimnisvolle Begegnung von Emilia Zagalli mit Michael MacLeod war wohl der Schlüssel für die ganze Geschichte.

Kapitel 8
8.4 Vernehmung Emilia Zagalli

Mittlerweile fuhr sein Auto fasst schon allein den
Berg hinauf zur Villa Buona Vista. Hier wohnten
die Reichen und die Schönen, hier waren sie unter
sich, unter ihresgleichen. Alle waren mehr oder
weniger Klienten vom Commissario. Wer hier mit
wem kollaborierte, wer hier mit wem schlief,
keiner wusste es, alle wussten es. Da sich diese
kapitalistische Sekte auf dem Berg befand, konnte
Brunello nicht von einem Sündenpfuhl reden, doch
ein Sündenpfuhl war es auf jeden Fall. Bereitwillig
wurde ihm das Tor geöffnet. Er machte wieder
seine obligatorischen Fotos und bemerkte, dass das
ganze Wachpersonal ausgetauscht war. Er bat die
Herren zum Gruppenfoto. Wahrscheinlich würden
die sofort nach seinem Besuch wieder ausgetauscht
werden. Die Giuliano wollten spielen, also spielte
er mit ihnen Yo-Yo.
Ornella, frisch wie der junge Tag begrüßte ihn mit
ihrem bezaubernden Lächeln. Ja, er wollte sie als
Polizeipsychologin bei der Polizei haben und ihr
ein Angebot machen, dass sie nicht ablehnen
konnte. Er bat Ornella die Hausherrin in den Salon
zu bitten. Emilia Zagalli erschien. Auch sie
begrüßte ihn wieder mit einem strahlenden
Lächeln, doch Brunello, dem Commissario war
nicht nach plaudern zumute. Er stellte sein
Smartphone auf Aufnahme und obwohl Ornella

noch im Raum war sagte er im offiziellen Ton:

„Signora Zagalli, wie sie bereits von mir wissen hat ihr Sohn Salvatore mir berichtet, dass ein gewisser MacLeod ihr Geliebter ist und er ihn im Hause gesehen hat. Nochmals, MacLeod wird verdächtigt die beiden Jäger Pazzo und Ignoranti erschossen zu haben. Was haben sie dazu zu sagen? Signora Romano, sie bleiben anwesend um das Gesprächsprotokoll später mit unterzeichnen."

Emilia Zagalli verging das Lachen. Ihr Sohn wurde der Beihilfe zum Mord bezichtigt, alle Akten und Computer, sowohl die privaten als auch die all ihrer Geschäfte waren beschlagnahmt und dieser Commissario machte nun Ernst. Doch sie verlor nicht ihre Contenance und bot dem Commissario wieder Kaffee und Biscotti an. Brunello musste ein wenig lächeln. Siamo in Italia, wir sind in Italien, da bricht man nicht mit der Tür ins Haus. Da geht es nicht sofort zur Sache wie in Deutschland.

„Beruhigen sie sich erst einmal Signora, es wird alles nicht so heiß gegessen wie es gekocht wird. Erzählen sie mir bitte in Ruhe, wie sie in die ganze Geschichte verwickelt sind."

Emilia Zagalli musste davon ausgehen, dass der Commissario alle privaten und geschäftlichen Unterlagen geprüft hatte. Daraus ging hervor, dass sie und nicht ihr Ehemann die Geschäftsführerin aller Unternehmungen der Familie Giuliano war. Das ist insofern bemerkenswert, da jeder in Italien glaubt an der Spitze jeder Firma steht ein Patriarch, der alles richtet und alles entscheidet. Die Zeiten hatten sich jedoch geändert und in immer mehr Firmen war der Patriarch eine Frau. So auch in der Familie Giuliano. Ihr Gatte Raffaello war eine Marionette, ein Blender und ein Feigling, der sich immer wenn es brenzlig wurde hinter ihrem Rock verkroch. Salvatore war in der Ausbildung und noch zu jung um Verantwortung in den Geschäften der Familie übernehmen zu können. Außerdem hatte er zu viel von dem Charakter seines Vaters geerbt. Also musste sie nun die Sache zum Ende bringen. Also Leugnen half nicht.

So begann sie ruhig die Geschichte aus ihrer Sicht zu erzählen. Letzten Monat war sie auf Unregelmäßigkeiten in ihrem Ferrari-Autohaus gestoßen. Vor ein paar Wochen hatte ihr Sohn 10.000,00 Euro in bar aus der Firmenkasse genommen. Jeder wusste, dass Salvatore der Juniorchef sich da bediente, doch niemand traute sich es der Chefin zu sagen. Sie hatten wohl Angst um ihren Arbeitsplatz. Doch es war ein Leichtes festzustellen, wer sich an der Kasse vergriff. In sämtlichen Geschäften der Giuliano war es obligatorisch, dass alle Angestellten, vom Chef bis hin zur Putzfrau Armani trugen und die Schuhe waren ausnahmslos von Gucci. In den Sohlen dieser Kunstwerke war, ohne dass sie es wussten in den Hacken ein Chip implantiert und somit konnte zu jedem Zeitpunkt ein Bewegungsprofil eines jeden Mitarbeiters erstellt werden, wer wann und wo er sich befand. Das System war von der Zentrale in Mailand zwingend vorgeschrieben. Wer sich nicht daran hielt verlor die Konzessionen. Mit

Hilfe dieses Chips war es für Emilia Zagalli ein Leichtes festzustellen, dass ihr Sohn Salvatore das Geld entnommen hatte. Bei dieser Gelegenheit überprüfte Emilia die Gesamtsumme, die Salvatore im Laufe des Jahres aus der Kasse entnommen hatte. Es waren weit über 50.000,00 Euro. Nicht die Summe erzürnte die Mutter, sondern der Umstand, dass ihr Sohn nicht zu ihr kam wenn er Geld brauchte. Geld war das Letzte der Probleme der Familie Giuliano. Es war das mangelnde Vertrauen, dass sie kränkte. Ferner stellte sie fest, dass die Herren Pazzo und Ignoranti in ihrem Jagdgeschäft in Florenz zwei Schrotflinten, Jagdstiefel, Messer, Jägeruniformen und weitere nützliche Dinge für die Jagd gekauft hatten und bar bezahlt hatten. Das war schon merkwürdig, dass arme Leute sich so etwas leisten konnten. Sie hörte sich um und erfuhr, dass man Salvatore mehrmals mit diesen beiden Jägern in den Kaffees der Stadt gesehen hatte. Ihr schwante nichts Gutes, zumal sie wusste, dass Salvatore einen Mordshass auf ihren Freund Peter Bauer hatte, nachdem sie den gebeten hatte ihrem Sohn ins Gewissen zu reden. Salvatore würde doch ihrem Freund nichts antun wollen?

Je mehr sie darüber nachdachte, desto gewiss wurde ihr, dass Salvatore nicht Gutes im Schilde führt. In ihrer Not wandte sie sich an ihren Vater Emilio in Mailand. Der würde ihr helfen das Problem zu lösen. Er hatte die Macht jedes Problem zu lösen. Nach ein paar Tagen stand Michael MacLeod vor ihr, nahm sie in seine starken Arme und sagte:

„Ciao Emilia, Dein Vater schickt mich."

Sie küssten sich und machten dann, was Liebespaare so machen. Nachdem sie sich ausgetobt hatten erzählte Emilia ihrem Liebhaber die ganze Geschichte, beziehungsweise das, was sie alles wusste. Michael versprach ihr, die Dinge zu regeln. Als sie nachfragte, meinte er:

„Amore mio, das willst du bestimmt nicht wissen!" So ließ sie den Dingen ihren Lauf und für die nächsten Wochen schwebte sie im siebenten Himmel in den Armen ihres Lovers.

„Das Commissario Brunello ist alles was ich weiß. Wer was gemacht hat entzieht sich meiner Kenntnis."

Brunello hatte Mitleid mit Emilia Zagalli, doch keinerlei Verständnis.

„Signora Zagalli, ich glaube dass Ihnen nicht bewusst ist, dass sie, beziehungsweise ihr Vater direkt oder indirekt MacLeod einen Mordauftrag gegeben haben um ihre, wie sie meinen kleinen Problem zu lösen."

Kapitel 9
9.1 Dottoressa Sabrina Gelati

Commissario Brunello hatte um Zehn Uhr einen Termin bei der Staatsanwältin Dottoressa Sabrina Gelati. 9.30 Uhr ordnete er seine Uniform, zupfte sich die Krawatte zurecht und trat vor den Spiegel. Alles sah sauber und adrett aus. Trotzdem fuhr er noch einmal mit dem Kamm durch sein Haar und zog den Scheitel gerade. Die kleinste Nachlässigkeit konnte einem den Kragen kosten. Er wusste nicht was sie von ihm wollte, doch nach einem letzten Blick in den Spiegel war klar am Outfit gab es nichts auszusetzen.

Normalerweise pflegte Sabrina Gelati ohne Anzuklopfen und ohne einem Buon Giorno in sein Büro hereinzuplatzen um Stress zu inszenieren. Sie liebte die Dramatik und den großen Auftritt. Wenn sie ihn, wie heute offiziell in ihr Büro bestellte war, wie man so schön sagt : Die Kacke am dampfen.

Sicher ging es um die Sache Giuliano. Laut Dienstanweisung sollte die Mordkommission Hand in Hand mit der Staatsanwaltschaft zusammen arbeiten. Das hat seinen Sinn, denn bei Festnahmen braucht man von der Staatsanwaltschaft einen Haftbefehl und bei Bedarf einen Durchsuchungsbefehl. Mit dem Vorgänger der Dottoressa Sabrina Gelati klappte das wunderbar. Der war halt ein ruhiger und besonnener Mann, doch die neue Staatsanwältin war eine vierzig Jahre alte Frau, die auf Dreißig machte. Zu enge Pullover, zu kurze Röcke und zu hohe High Heels. Zu scharf für den Posten.

Es war ein offenes Geheimnis dass sie damit ihre steile Karriereleiter in Nullkommanichts erklommen hat. Sie setzte ihren Sexappeal bewusst und unbewusst ein. Leider wusste man bei ihr nie wann sie ihr Aussehen vorsätzlich einsetzte und wann sie nur als Frau bewundert werden wollte.

Brunello hätte den Lift benutzen können, doch die Paar Stufen um von dem Neunten Stock in den Zehnten Stock der Staatsanwaltschaft zu gelangen genoss er. Jede Stufe machte ihm klar, wer am Ende das Sagen hatte. Während er die Stufen erklomm musste er grinsen, weil ihm dabei ein Sprichwort einfiel. Wenn du unter Wölfen lebst, musst du mit den Wölfen heulen und leg dich nie mit dem Leitwolf an. Das war nicht nur unter Wölfen ratsam sondern auch hier in seiner Questura. Dermaßen vorbereitet klopfte er an die Tür der Staatsanwältin.

Allein schon das „Herein!" ließ erahnen unter welchen Druck die Staatsanwältin stand. Brunello trat ein, grüßte freundlich und fragte nach dem Grund seiner Vorladung.

„Brunello, mir ist nicht nach Scherzen zumute. Vor mir liegt ein Gesuch der Familie Giuliano Salvatore gegen Kaution frei zu lassen."

Aha, daher weht der Wind, dachte der Commissario, die Herrschaften machen Dampf.

„Dottoressa, an welche Summe dachten sie dabei? Sabrina Gelati schaute den Commissario lange, sehr lange an. Dieser fesche, unbeugsame Mann war ein harter Brocken. Sie erinnerte sich sehr gut an die Sache von damals. Es war eine ähnliche Situation und dieser Commissario war zu keinen Kompromissen bereit. Sie versuchte alles um den Mann umzustimmen. Zuerst sachlich und logisch, doch die Rechtssituation war auf seiner Seite. So versuchte sie es mit ihren weiblichen Waffen. Sie strich provozierend durch ihr Haar und näherte sich, dass er ihren Atem und ihr betörendes Parfum einatmen musste. Sie schnurrte wie ein Kätzchen.

„Brunello, dieser Fall ist für mich sehr wichtig. Gibt es denn gar nichts was ich tun kann, um sie umzustimmen?"

Dabei strich sie über ihr enges Kostüm und betonte besonders ihre Hüften, die so manche Männer willfährig machten. Es war nicht das erste Mal, wo Damen, Frauen, Nutten, Mörderinnen den Commissario mittels ihrer Reize um diese oder jene Gefälligkeit baten. Doch bis jetzt war noch nie eine Staatsanwältin bereit gewesen ihm Sex gegen persönliche Vorteile anzubieten. Sabrina Gelati erinnerte sich an die kühle Abfuhr.

„Liebe Sabrina, ich darf sie doch nach ihrem verlockenden Angebot so nennen. Eine Gelati am Arbeitsplatz ist gut zu ertragen, doch zu viel Gelati schlägt auf den Magen."

Während sich die Staatsanwältin an die peinliche Abfuhr erinnerte stieg ihr die Zornesröte ins Gesicht, was sie noch schöner machte. Ein feines, kaum merkbares Lächeln huschte über Brunellos Gesicht, denn auch er erinnerte sich an die damalige Situation. Er war gespannt, was sie dieses Mal versuchen würde um ihm eine Kaution abzuluchsen. Zuerst einmal wollte er der selbstbewussten und selbstherrlichen Dame ihre Grenzen aufzeigen.

„Liebe Dottoressa, eine Kaution für Salvatore Giuliano ist aus meiner Sicht überhaupt nicht vorstellbar. Der junge Mann hat einen Mord bei den Jägern Pazzo und Ignoranti in Auftrag gegeben, was ich beweisen kann. In wieweit er bei den Morden der Jäger selbst involviert ist, kann ich ihnen in diesem Moment noch nicht genau sagen. Bei einer Kaution verlässt das Bürschchen umgehend das Land und wir werden nie wieder seiner habhaft. Sie sind die Staatsanwaltschaft. Erteilen sie mir schriftlich die Freilassung auf Kaution und der Mann ist im Handumdrehen frei. Ihre wunderschöne Karriere ist dann aber vorbei. Wollen sie das wirklich?"

Es entstand eine Pause, denn Sabrina Gelati musste nachdenken, ob sie diesen harten Mann wirklich zu ihrem Gegner haben wollte. War diese mafiose Familie der Giuliano es wert ihre eigene Karriere zu riskieren? Raffaello Giuliano hatte ihr persönlich die sofortige Überweisung einer sehr hohen sechsstelligen Summe auf ein Lichtensteiner Geheimkonto versprochen, wenn sie seinen Sohn Salvatore auf Kaution freilässt. Was die Kaution anbelangt war er bereit jede Summe zu zahlen. Während sie das Für und Wider abwog redete Brunello weiter.

„Sabrina, entschuldigen sie, dass ich so frei mit ihnen spreche, doch sie sind eine ausgezeichnete Staatsanwältin und trotz all der kleinen Unstimmigkeiten zwischen uns arbeite ich sehr gerne mit ihnen beruflich zusammen. Ganz nebenbei, ich soll sie von Bianca grüßen. Sie hat mir ausdrücklich aufgetragen ich möge nicht zu hart mit ihnen umspringen."

Damit hatte die Staatsanwältin Sabrina Gelati nicht gerechnet. Da war es das Friedensangebot. Er bot ihr die Möglichkeit ohne Gesichtsverlust aus der Zwickmühle herauszukommen.

Es gibt etwas auf der Welt das stärker ist als alles andere. Es ist die Solidarität zwischen Frauen. Sie wird permanent unterschätzt und keiner glaubt, dass es sie gibt. In dieser von Männern dominierte Welt betrachtet man die Frauen als Freiwild. Man hält sie für dumm und inkompetent und unterstellt ihnen, dass sie zänkisch eifersüchtig und hinterhältig sind. Kurzum, Männer mögen nicht mit Frauen zusammen arbeiten. Schon gar nicht wenn die Frauen Vorgesetzte sind. Sabrina Gelati kannte Bianca die Ehefrau vom Commissario. Bianca ist ebenfalls eine hohe Führungskraft im Polizeidienst und sie kennt das System, das Frauen gnadenlos behandelt wenn diese Fehler machten. Letztes Jahr hatte die Staatsanwältin die Gattin vom Commissario bei einem ihrer Vorträge in Rom kennengelernt. Sie hatte den Auftrag auf der Polizeiakademie die zukünftigen Führungskräfte über die Schwierigkeiten der Zusammenarbeit zwischen Exekutive und Legislative in der täglichen Polizeiarbeit zu informieren. Unter den Zuhörern entdeckte sie Brunello mit einer schönen Frau an seiner Seite. Was für ein Schlawiner, dachte sie sich. Mir hält er einen Vortrag über Sitte und Moral und heimlich trifft er sich mit einer Geliebten in Rom. Als sie ihren Vortrag beendet hatte und die Herren der Akademie ihr artige Komplimente machten trat Brunello zu ihnen.

„Entschuldigung die Herren, aber leider muß ich ihnen unsere schöne Staatsanwältin entführen, denn wir haben für Zwanzig Uhr einen Tisch bei Cipriani bestellt und die Zeit drängt"

und ehe die Staatsanwältin etwas sagen konnte zog er sie mit sanfter Hand aus der Versammlung. Die Herren waren ein wenig verdutzt, doch sie alle kannten Brunello, studierten doch seine Söhne an der Akademie. Und die waren ihrem Vater nicht unähnlich. Sabrina Gelati selbst war verwundert.

„ Commissario, ich wusste gar nicht, dass wir eine Verabredung haben. Aber Cipriani klingt gut."

Das Taxi wartete bereits und sie fuhren zu dem berühmten Restaurant, wo man schon Wochen zuvor reservieren musste. Er führte die Staatsanwältin an einen Tisch, wo bereits die schöne Unbekannte aus dem Vorleseraum der Akademie Platz genommen hatte. Brunello sagte:

„ Schatz, entschuldige dass ich wie immer zu spät komme, doch ich hoffe du hast nichts dagegen, dass ich unsere hochgeschätzte Staatsanwältin mitbringe".

Bianca lächelte und sagte:

„Armando, was für eine schöne Überraschung."

Brunello bat den Ober um ein drittes Gedeck und es wurde ein wunderschöner Abend. Das Essen war superb, der Wein exzellent, der Nachtisch umwerfend. Zwischen den Gängen fragte Bianca:
„Liebe Sabrina", denn man war zum Du übergegangen, „was ist da zwischen ihnen und meinen Mann? Ich spüre ein deutliches Kribbeln, ja ich möchte sogar sagen eine spürbare elektrische Spannung zwischen Ihnen beiden. Wenn ich Armando nach seinen Kollegen frage erzählt er nur von dir und was für eine tolle Staatsanwältin du bist. Er lobt die Klarheit deiner Gedanken und Anordnungen. Doch er hat mir nie erzählt was für eine attraktive Frau du bist."
Alle mussten über Biancas Frontalangriff lachen. Das war genau das, was Brunello an seiner Bianca liebte. Wie ein Stier in der Arena direkt auf das rote Tuch losstürmt, kommt Bianca stets ohne Umschweife zur Sache. Das war schon damals in Deutschland, wo man ihm eines Tages eine junge Beamtin aufzwang mit ihm Streife zu gehen. Wegen ihrer italienischen Vorfahren wurden sie fortan die „Spaghettimonster" genannt. Was zuerst ein blöder Scherz war wurde zum Markenzeichen von Armando und Bianca dem Dreamteam der Münchner Polizei. Sie waren jung, sie waren schön, sie waren durchtrainiert und sehr gut ausgebildet und gegenüber ihren deutschen Kollegen hatte sie einen genetischen Vorteil. Ihre Auffassungs- und ihre Reaktionszeiten waren erheblich schneller. Mehrere Male rettete Bianca im Laufe der glücklichen Münchner Jahre ihren

Kollegen und ihrem Freund, Liebhaber und späteren Ehemann das Leben. Was die beiden versprachen wurde gehalten, egal was da kommen mag. Sie litten damals ein wenig unter den Vorurteilen ihrer Kollegen gegenüber Italienern. Oft mussten sie sich dumme Sprüche anhören, wie <u>Versprechen ist leicht – halten unmöglich</u>, doch sie bewiesen, dass dieser Spruch vielleicht auf die Italiener im Allgemeinen gelten mag, doch nicht für sie. Brunello erinnerte sich noch ganz genau an die wundervolle Hochzeit und wie sie sich gegenseitig ewige Treue schworen und der ganze Polizeichor mit Inbrunst und Ironie sang:
Versprechen ist leicht – halten unmöglich.
Er wurde aus seinen Gedanken herausgerissen denn Sabrina meinte auf Biancas antworten zu müssen.
„Liebe Bianca, sicher wirst du verstehen, dass ich alles versucht habe, dieses prächtige Mannsbild, deinen Mann, zu verführen, doch er hatte an jenem Tag weder Lust noch Zeit. Nachdem ich dich heute kennenlernen durfte, ist mir der Grund seiner Verweigerung klar. Er wollte offensichtlich seine Ehe mit Dir nicht gefährden.“
Nachdem das geklärt war wurde es, wie gesagt ein wundervoller Abend und zwischen den beiden Frauen war ein einzigartiges, fast inniges freundschaftliches Verhältnis entstanden.
Doch heute waren der Commissario und die Staatsanwältin wieder einmal auf dienstlichen Konfrontationskurs. Dienst ist Dienst und Schnaps ist Schnaps. Die Macht der Realität ist nun mal der

Feind jeder Freundschaft. Brunello wartete auf die Entscheidung der Staatsanwältin.

„Armando, Danke für deine Offenheit. Ich weiß nicht wie ich aus der Sache rauskommen soll. Bitte gib mir einen Rat."

Nichts leichter als das. Ruhig und bestimmt antwortete er ihr:

„Sabrina, das Beste was du machen kannst ist nicht tun, Zeit gewinnen. Mach mich offiziell zum Sündenbock. Ich habe damit nicht dass geringste Problem, ist in meinem Gehalt sozusagen als Schmerzenszulage enthalten. Sag den Giulianos und ihrem Mafiaanwalt, dass ich der Commissario Brunello nicht bereit bin ihren Sohn Salvatore, genannt Turiddu freizulassen, da der Bursche unter Mordanklage steht. Es sei denn er kooperiert mit mir und sagt mir wo die Tatwaffe ist. Dann wäre ich bereit über eine Freilassung auf Kaution nachzudenken."

Befreit, das Problem delegieren zu können sagte sie geradezu fröhlich:

„Armando du bist ein Tipo furbo!", was ein Kompliment in Italien ist und heißen soll er sei ein schlauer Fuchs, oder ein gerissener Kerl. Je nachdem wie man es braucht. Brunello murmelte:

„ Stopp Sabrina, ich bin nicht furbo, ich bin nicht verschlagen!"

„Entschuldige Armando, ich wollte sagen du bist ein sehr intelligenter Commissario. Okay?"

Sie hauchte ihm einen Kuss auf die Wange und wieder roch er dieses verführerische Parfum. Manchmal war es richtig schwer ein Mann zu sein.

Kapitel 9
9.2 Das Heimatmuseum

Brunello hatte einen anonymen Anruf bekommen. Es meldete sich jemand mit verstellter Stimme und es war ihm nicht möglich Alter und Geschlecht des Anrufers zu bestimmen. Das Gespräch kam über die Zentrale und so meldete sich Brunello mit einem „Pronto", was so viel wie Hallo bedeutet. Eine heisere Stimme krächzte:

„Rede ich mit Commissario Brunello?"

Brunello war nicht nach Scherzen zumute und knurrte nur: „ Ja, hier Brunello"

„Commissario" flüsterte die heisere Stimme, „Commissario die Mordwaffe, die Mauser 98 hängt im Heimatmuseum" und dann legte der Anrufer den Hörer auf. Er ließ die Zentrale sofort nachforschen woher der Anruf kam. Umsonst. Der Anonyme hatte wohl von einem Smartphone mit einer Prepaidkarte telefoniert damit sein Anruf nicht zurückverfolgen kann. Es war nicht einmal sicher ob der Anruf aus Italien kam.

Die Information, die Tatwaffe hänge im Heimatmuseum war absurd und doch ahnte er, dass dem so ist. Für den Besuch im Heimatmuseum zog er sich die prächtige Ausgehuniform an. Das machte immer großen Eindruck und ersparte viel Zeit. Er kannte die Leiterin Signora Eleonora Rospigliosi gut. Eine alte,vertrocknete Jungfer mit Haaren auf den Zähnen, die sich sehr viel darauf einbildete eine Nachfahrin vom Papst Clemens IX zu sein. Sie war wie alles in diesem Museum ein Relikt aus vergangenen Zeiten und bewachte das Heimatmuseum als wäre es das ihre. Als er ihr Museum betrat, blaffte sie ihn an:

„Ohne Ticket kein Eintritt! Das gilt auch für sie!"

Brunello setzte sein strahlendstes Lächeln auf und küsste die Hand des Drachen. Dabei achtete er sorgsam die Hand nicht mit seinen Lippen zu berühren, denn das galt in ihren adligen Kreisen als degoutant, geradezu als unschicklich.

„Signora Eleonora Rospigliosi, bitte seien sie gnädig, ich bin heute hier in offizieller Mission. Bitte machen sie mir keine unnötigen Schwierigkeiten sonst muss ich leider unseren geschätzten Bürgermeister um Hilfe bitten."

Signora Eleonora fühlte sich geschmeichelt. Der Commissario war galant, hatte Manieren und Anstand. Eine Sache, die ihrer Meinung total aus der Mode gekommen war und aus seinen ironischen Worten konnte sie entnehmen, dass Brunello den Sindaco genau so liebte wie sie.

Eleonora trug den berühmten Namen der Rospigliosi, einer Familie die im 17. Jahrhundert durch den Wollhandel reich und später geadelt wurde. Giuglio Rospigliosi war der berühmteste Spross der Familie und wurde 1667 bis 1669 zum Papst gekürt. Demzufolge pflegte sie stets zu sagen: Noblesse oblige, was natürlich niemand verstand und sie es dann den dummen ungebildeten Menschen erklären musste, nämlich dass Adel verpflichtet. Dass diese Banausen sich hinter ihrem Rücken über sie lustig machten, ignorierte sie mit den Worten: Was kümmert es den Mond, wenn ihn auf der Erde ein räudiger Hund anjault. Mit Abscheu betrachtete sie, wie die Welt immer schneller verrohte. Sie und dieser treffliche Commissario waren die einzigen in dieser Stadt die für Recht und Ordnung sorgten. Er da draußen und sie hier herinnen in ihrem Museum.

„Mein Lieber, in meinem Museum brauchen wir keinen ungebildeten Bürgermeister. Das klären wir schon selber. Natürlich, mein Lieber, brauchen sie für den Eintritt nicht zu zahlen. Was kann ich für sie tun?"

Normalerweise mochte Brunello das gespreizte Gebaren früherer Jahrhunderte nicht, doch irgendwie passt es perfekt zu dieser alten Dame.

„Madam, ich suche ein Spezialgewehr, dass sich hier in ihrem Museum befinden soll. Es ist eine Mauser 98. Kennen sie das Gewehr und wissen sie wo ich es finden kann?"

Natürlich kannte die Direktorin das Gewehr, wie alle historischen Utensilien über die sie wachte.

„Commissario, das besagte Gewehr hängt im Saal Nummer fünf, wo wir alle Utensilien betreff dem Eccidio, dem Massaker am 23. August 1944 aufbewahren. Bitte folgen sie mir unauffällig!"

Sie war wohl selbst am meisten amüsiert über ihren kleinen Scherz und bemerkte mit Wohlwollen, dass auch dem Commissario das mit dem unauffälligen folgen zu dürfen ein leichtes Schmunzeln abverlangte. Während sie ihn durch das ganze Museum führte hielt sie einen Vortrag über die Ereignisse des 23. August 1944.

Eleonora Rospigliosi hatte vor vielen, vielen Jahren Geschichte studiert und erzählte keine Märchen. Sie hatte die Sicht einer ernsten Wissenschaftlerin und verteilte weder Schuld noch Unschuld der einen oder der anderen Seite. Brunello hatte eine Frage an sie:

„Signora Rospigliosi, was halten sie von dem augenblicklichen Prozess in Rom die Ereignisse dieses Massakers wieder aufzurollen um Recht zu sprechen."

Die alte Dame musterte ihn lange, denn sie war es nicht gewohnt nach ihrer Meinung gefragt zu werden. Doch ihr schien, der Commissario wollte wirklich wissen was sie dazu zu sagen habe.

„Mein Lieber, sie fragen mich, was ich davon halte? Nichts! Rein gar nichts! Da soll kein Recht gesprochen werden. Da soll Rache ausgeübt werden. Da soll nach über 70 Jahren die Geschichte umgeschrieben werden. Da will man nur einer Partei, in diesem Fall den Deutschen die Alleinschuld zusprechen, wo wir doch alle wissen, besonders sie als Commissario, dass das so einfach nicht geht. Ein derart schlimmes Ereignis kann man nur im geschichtlichen Zusammenhang sehen. Doch sie sind sicher nicht hier, damit ich ihnen erkläre welche Mitschuld unser geliebtes Italien an diesem Unglück trägt, zumal sie, wie ich hörte, ihre Jugend in Deutschland verbracht hatten. So werden auch sie ihre persönliche Meinung dazu haben. Und die wäre?"

Brunello zog seine Zigarettenschachtel aus seiner Jackentasche und fragte: „ Darf ich hier rauchen?"

Die Direktorin zeigte auf das [Non Fumare] und meinte trocken:

„Sie, Commissario dürfen rauchen, wo immer sie wollen. Ich merke, sie wollen ihre private Meinung zu diesen Dingen nicht preisgeben."

Sie bot ihm an auf einem der Besuchersofas Platz zu nehmen und Brunello hörte aufmerksam zu, was Eleonora Rospigliosi alles zu erzählen wusste.

Es war für ihn erstaunlich, wie sehr sich die Ansicht der Wissenschaftlerin mit der Meinung seiner juristischen Tochter Vera ähnelten. Er fragte:

„Warum, verehrte Signora Rospigliosi erzählen sie das nicht auf unseren Schulen. Wir haben da die Scuola Materna, die Mittelschule und das Gymnasium. Es wäre doch ein Gewinn für alle. Man würde sie nicht mehr fürchten und auch nicht mehr hänseln sondern sie ob ihres Wissens bewundern. Und was die Schüler angeht, so wäre es doch nicht verkehrt ihnen die geschichtliche Wahrheiten nahe zu bringen und nicht nur oberflächliche und halbwahre Geschichten."

Eleonora Rospigliosi antwortete leise:

„Man hat mich nie gefragt."

Brunello fragte nach:

„Würden sie denn das gerne tun? "

Die gerade noch alt und zerbrechlich wirkende Dame richtete sich auf und nickte im ernst und doch freundlich zu:

„Sehr gerne! Sehr gerne würde ich das tun-"

Brunello würde mit Vera reden, die war Schulsprecherin und da ließe sich gewiss was machen. Die Zigarette war geraucht und die

Direktorin führte ihn nun in den Saal Nummer 5. Es war ein großer lichter Raum, der das ganze Ausmaß des damaligen Massaker zeigte. An der Wand hing ein großes, vergilbtes Foto, dass die Padule und den Ort zeigte, wo die grausame Tat stattfand. Daneben hing ein Schild mit den Namen aller Getöteten. Sind das alle, wurde keiner vergessen und keiner hinzugefügt, wollte Brunello wissen. Die Direktorin führte ihn zu einem Schaukasten. Unter Sicherheitsglas lag der Report der Engländer, den er sich nun ansehen durfte. Weder im Originalreport noch auf der Tafel aller Opfer stand nicht der Name von Valtero Zagalli, dem Großvater von Piero, der in der Klasse Morddrohungen gegen die Deutschen losgelassen hatte, weil sie angeblich seinen Opa massakriert hätten.. Damit war für den Commissario eine weitere Unklarheit beseitigt.

Schon beim Betreten des Saales Nummer 5 war ihm sofort die Mauser 98 an der Wand aufgefallen. Er zog sich seine Gummihandschuhe an und nahm behutsam die Waffe von der Wand und sagte rein rhetorisch zur Direktorin:

„ Ich darf doch?"

Er roch kurz und reichte dann die Waffe der Direktorin.

„Riechen sie das? Aus dieser Waffe wurde kürzlich gerochen. Wissen sie wer damit geschossen hat?"

Eleonora Rospigliosi war echt erstaunt und sagte sie könne sich das nicht erklären, doch vor ein paar Wochen war in ihrem Büro ein Archäologe erschienen, der im Namen der Universität von

Trapani historische Nachforschungen über das Massaker machen wollte. Sie hatte nichts dagegen, dass der Wissenschaftler die ungeladenen Waffe mitnehmen durfte um sie zu untersuchen. In ihren Unterlagen sah sie nach. Sie zeigte ihm den Auftrag der Universität aus Trapani. Tage später hatte der Historiker das Gewehr wieder ins Museum zurückgebracht. Brunello fragte:

„Hieß der Mann zufällig Michael MacLeod?

Und wieder war die Direktorin erstaunt.

„Woher wissen sie das?

„Bevor ich ihnen diese Frage beantworte, schauen sie sich dieses Foto an, erkennen sie den Mann?"

„Ja," rief Eleonora Rospigliosi, „das ist der Mann".

Ein tiefer Seufzer entrang sich der Brust des Commissario. Er hatte die Tatwaffe und den Täter gefunden. Die Ballistik würde diese Waffe zweifelsohne als die Tatwaffe identifizieren mit der die Jäger Pazzo und Ignoranti ermordet wurden. Dann erzählte er der Direktorin in kurzen Worten die Geschichte dieser Waffe und bedankte sich:

„Gnädige Frau, sie haben mir geholfen ein schier unlösbares Rätsel zu lösen. Ich darf doch das Gewehr mitnehmen ?

„Ja, wenn nicht sie, wer sonst? Doch ich bitte sie inständig mir das Gewehr zurückzubringen. Es ist doch nun das wichtigste Utensil von historischer Bedeutung in unserem Museum".

Brunello war entzückt von der alten Lady.

„Selbstverständlich bekommen sie das Gewehr wieder. So bekommt unser gesichtsloser und geschichtsloser Ort zumindest eine gewisse, wenn auch makabere Bedeutung."

Eleonora Rospigliosi lächelte ihn an und er schämte sich, sie einen alten Drachen genannt zu haben. Der Ordnung halber quittierte Brunello den Empfang des Gewehres, denn Ordnung muss sein.

In seiner Jagdhütte feuerte er mehrere Schüsse in ein mit Schaumstoff gefülltes Rohr. Die Originalpatronen für dieses Gewehr hatte er aus dem Waffenlager von Salvatore Giuliano. Er sandte die Projektile nach München und nach 24 Stunden lag das Ergebnis vor.

Ja, die Spuren der Projektile wiesen die gleichen Spuren aus, wie die Kugeln, welche die Jäger Pazzo und Ignoranti in ihren Köpfen hatten.

Brunello war sehr zufrieden mit sich, doch er behielt all sein Wissen vorerst für sich.

Kapitel 9
9.3   Ein Kadaver namens MacKillim

Es gibt im Leben Zufälle, von denen man meint es sind keine Zufälle. Eben ein solcher Zufall, der kein Zufall war, half nun Brunello die letzten noch nicht geklärten Zusammenhänge in seinem doppelten Mordfall zu klären und das kam so.
Es war kurz vor Weihnachten, doch es wollte partout keine Weihnachtsstimmung aufkommen. Die Menschen draußen betrogen sich wie immer, auf dem Polizeirevier wurde denunziert wie immer. Das Wetter war gelinde gesagt Scheiße und Brunello hatte keine Ahnung, wie er diesen Fall, der ihm persönlich am Herzen lag, beenden könnte. Er rekapitulierte:
Er hatte zwei Mörder, die Jäger Pazzo und Ignoranti, die hinterrücks seinen Freund Peter Bauer ermordet hatten. Wer hatte sie dazu gebracht diese Tat zu begehen? Salvatore Giuliano hatte ihnen lediglich den Auftrag gegeben, den ihm verhassten Deutschen einen gehörigen Schreck einzujagen. Aus den Vernehmungen Salvatores und der Familien der Jäger ging klar hervor, dass Salvatore keinen Mordauftrag vergeben hatte. Also, wer war der wahre Auftraggeber?
Ferner hat eine gewisser MacLeod die zwei Jäger mit zwei gezielten Schüssen aus 300 Meter Entfernung liquidiert. Er wusste wer MacLeod war, doch wer hatte ihm den Auftrag dazu gegeben? War es der Vater von Emilia Zagalli?
Und wenn ja, könnte er es beweisen?

180

In dieser miserablen Stimmung checkte er routinemäßig die täglichen Nachrichten die in seinem Dienstcomputer hereinflatterten. Da wurden in hunderten von Meldungen alle Infos über ungeklärte Morde aufgelistet. Da es in Italien immer noch keine Zentraldatei gab musste man sich die Dateien aller tausend Polizeistationen anschauen um einen Überblick zu bekommen. Das war nervig und kostete viel Zeit. Zeit in der man Mörder und Kriminelle jagen und nicht vor dem Computer hocken sollte.

Wie gesagt: Es gibt Zufälle.............

An jenem Tag drückte er zufällig auf die neuesten Informationen der Polizei aus Livorno. Da las er, dass man einen Kadaver am Strand gefunden hatte. Ein männlicher Torso war angespült worden ohne Kopf, ohne Beine und ohne Arme, von Fischen angenagt. Das einzige was man machen konnte war die DNA des Toten festzustellen. Warum Brunello nun unbedingt die DNA dieses Kadavers wissen wollte ist ein Rätsel. Wie ferngesteuert drückte der Zeigefinger seiner rechten Hand auf die Datei, wo die DNA des Toten aufgelistet war. Die kannte er.

Es war die DNA von Michael MacLeod.

Die hatte er bei dem letzten Besuch bei Emilia Zagalli aus einer Haarbürste entnommen und im Labor identifizieren lassen. Damals gab es noch keinen Hinweis auf einen Mörder namens MacLeod. Er hatte die DNA von MacLeod nicht veröffentlicht, da er noch mitten in seinen Ermittlungen war. So wusste nur er, dass es eine

Beziehung zwischen dem Mörder der beiden Jäger und dem in Livorno angespülten Kadaver gab. Er klemmte sich ans Telefon um mit dem Chef der Polizeistation in Livorno zu reden. Er fragte ihn, ob er außer der DNA noch weitere Informationen zu dem Kadaver habe.

„Jede Menge, was wollen sie wissen?"

Sie vereinbarten einen Termin und Brunello fuhr nach Livorno, denn bei einem persönlichen Gespräch erfährt man erfahrungsgemäß viel mehr. Commissario Brunello war nicht schlecht erstaunt als er dem Questore von Livorno gegenüberstand. Es war Piero Gianni mit dem er sich bei den nationalen Polizeisportkämpfen stets im Karate gemessen hatte. Mal gewann der Piero, doch meistens er. Sie umarmten sich herzlich.

„Complimenti Piero, hast es weiter gebracht wie ich." Piero grinste und meinte trocken:

„Armando für eine große Karriere bei der italienischen Polizei bist du einfach zu deutsch."

Da dem nichts hinzuzufügen war kamen sie schnell zur Sache. Zuvor bot Piero Gianni seinem Kollegen einen Grappa oder einen Kaffee an. Da Brunello noch zurückfahren musste nahm er einen Kaffee, der so grausam schmeckte, dass man ihm sofort einen ordentlichen Kaffee besorgte. Dann zündete sich der Questore seine Pfeife an und Brunello sog genüsslich an seiner Zigarette.

„Na Armando, hast du dich wieder einmal in einen Fall verbissen? Ermittelst wie immer erst privat, damit dir keiner von den Arschlöchern dazwischen funken kann? Erzähl!"

Brunello konnte sich auf die Verschwiegenheit seines Karategegners verlassen und berichtete in knappen Worten von seinen Ermittlungen. Dass ein gewisser MacLeod auf große Entfernung zwei Jäger liquidiert hatte und er seine DNA sichergestellt hatte. Als Beweis legte er seine DNA von MacLeod auf den Tisch und sein Kollege legte die DNA des Toten aus dem Meer daneben. Sie waren identisch.

„Armando, warum meinst du der Mann mit deiner DNA, dein MacLeod, habe die Jäger liquidiert?"

„Piero, ich kann es beweisen. Das war eine Hinrichtung aus über 300 Metern. Zwischen den Jägern und MacLeod habe ich noch keine Beziehung bisher feststellen können. Der Mann muss ein Profi sein!"

„Armando, der Mann von dem wir sprechen ist ein Profi. Wir kannten ihn bisher unter dem Namen MacKillmi, was wahrscheinlich sein Künstlername ist. Durch deine Ermittlung sind wir erheblich weiter, denn du kannst nun seine wahre Herkunft beweisen."

Und dann berichtete der Questore von Livorno über seine Ermittlungen. Dem Mann, der sich MacKillmi nannte wurden mehrere Morde zur Last gelegt, doch man konnte ihn nie überführen. Mehrere Male hatte man ihn vorgeladen, doch aus Mangel an Beweisen musste man ihn immer wieder laufen lassen. Der Questore schimpfte.

„Dank deiner Ermittlungen können wir ihm nun zumindest einen Mord nachweisen. Schade dass die Drecksau nun tot ist! Wie gehen wir vor?"

Brunello nippte an seinem inzwischen kalt gewordenen Kaffee und sagte: „Ich weiß es nicht." Der Questore griff zu seinem Telefon und gab den Befehl den Razzo umgehend in sein Büro zu bringen. Man hörte draußen die Sirenen heulen und der Questore lud Brunello zum Mittagessen bei sich zuhause ein. Es gab Spaghetti Carbonara frisch von der Gattin zubereitet inmitten der Familie von Piero Gianni. Danach fuhren sie zurück auf die Questura, wo Razzo bereits ängstlich wartete, weil er nicht wusste was er wieder einmal ausgefressen hatte.

„Armando, darf ich dir Razzo meinen Lieblingsmitarbeiter vorstellen. Er ist der König aller Denunzianten. Er ist sogar in der Lage sich selbst zu denunzieren."

Der so vorgestellte Razzo, eine durch und durch unerfreuliche, schmierige Person lächelte gequält.

Der Questore säuselte:

„Na Razzo, was spricht man denn so in Deinen Mafiakreisen über MacKillmi?"

Razzo kannte sich gut aus, er war seit Jahren Spitzel für die Polizei:

„Was zahlt ihr?"

„Kommt drauf an , was du uns erzählst"

„MacKillmi ist gefährlich, ich brauche unbedingt Polizeischutz. Wenn ich was sage bringt der mich um".

Der Questore wurde nun recht ärgerlich:

„Razzo, wenn du jetzt nicht redest kommst du hinter Gitter und wirst nie wieder die Sonne sehen. Außerdem ist MacKillmi tot. Wir haben seine

Leiche identifiziert. Es besteht kein Zweifel, dass der im Meer gefundene Tote MacKillmi ist." "

Nachdem Razzo erkannt hat, dass er von dem Killer nichts mehr zu befürchten hat und es ihm diesmal nicht an den Kragen geht, erzählte er ausführlich die unglaubliche Geschichte des Auftragsmörders und wie MacKillim zu seinem Namen kam. Der Schotte war schon zu Lebzeiten eine Legende, so wie einst Salvatore Giuliano der Sizilianer oder wie Robin Hood der Engländer. Die Mafia war stolz einen so berühmten Killer unter Vertrag zu haben. In der Branche ist es wichtig international gut aufgestellt zu sein. Man kann für einen Terroranschlag auf den Präsidenten der Vereinigten Staaten nicht einen finster dreinblickenden dummen Sizilianer aus Corleone so einfach mal über den großen Teich schicken. Da braucht man einen sprachgewandten, eleganten Mann a la James Bond und MacLeod erfüllte all diese Kriterien und noch mehr. Schon die Kinder der Mafia wollten keine Geschichten mehr von Rotkäppchen und dem Wolf hören oder Cenerentola, da hieß es:

„Pappa erzähl uns eine schöne Geschichte von MacKillim sonst können wir nicht einschlafen."

Und dann erzählte der brave Vater, der in seinem offiziellen Hauptberuf Generalbevollmächtigter der Riassicurazione Milano war und die Mafia ins 21.Jahrhundert führte, die Geschichte, wie MacKillim zu seinem Namen kam und so begann der Papa, wie man immer beginnt wenn man ein Märchen erzählt:

Es war einmal ein berühmter Mörder, der eines Tages sehr traurig wurde, denn alle seine Kollegen hatten einen berühmten Namen und er hatte gar keinen Namen. Das machte ihn sehr traurig.So kam er in seiner großen Not zu mir, eurem Papa, damit ich ihm helfen kann. Lange dachte ich nach und sah das Foto von einem Mitarbeiter, der gerade die Sache unserer ehrenwerten Familie verraten wollte. Ich zeigte meinem Freund das Foto und sagte: Kill him und dein Name sei in Zukunft MacKillim. Und so wurde der wackere Killer zum berühmten MacKillim. Und wenn er nicht gestorben ist, dann lebte er heute noch. Und nun schlaft schön. Dann gab der liebevolle Vater seinen Kindern einen Gutenachtkuß und sie schliefen glückselig ein.

Was für eine schöne, schauerliche Geschichte. Die beiden Kommissare hatten es sich gemütlich gemacht, boten dem Razzo Zigaretten und Grappa an und der erzählte und erzählte ohne aufhören zu wollen die Moritat vom großen MacKillim.

Aufgewachsen, so erzählte man, soll er sein in einem grauen Schloss droben in Schottland. Der Vater eine schottischer Lord nahm den Buben schon früh mit zur Jagd und bald schoss er besser als der Vater und jedermann im großen Schottland. Mit dreizehn schickte der Lord seinen Sprössling auf die amerikanische Schule nach Mailand. In den Ferien durfte Michael MacLeod, so hieß der Knabe, zu seiner weitläufigen Verwandtschaft nach Sizilien fahren. Schon während der Schulzeit auf der amerikanischen Schule in Mailand durfte er bei

186

kleineren Aufträgen sich ein zusätzliches Taschengeld verdienen. Mit fünfzehn Jahren übertrug man ihm seinen ersten Mordauftrag. Schon da konnte man die Signatur seiner Morde erkennen. Es war die ungeheure Professionalität. Keine Emotionen, keine Spuren. Wenn man den freundlichen und aufgeweckten Jungen sah, konnte man sich beim besten Willen nicht vorstellen, dass da einer der besten Killer unserer Zeit heranwuchs. Kurz vor dem Abitur bekam Michael von seinem Vater aus dem fernen Schottland den Auftrag sich an Emilia Zagalli der Tochter des Mailänder Syndikats ran zumachen. Das fiel dem Jüngling leicht. Emilia war zwei Klassen unter ihm und bildschön, wie ein Gemälde von Raffaello. Die beiden galten auf der Schule als das schönste Paar. Schon bald präsentierte Emilia ihrer Familie ihre neueste Eroberung, wo er wie ein Sohn aufgenommen wurde. Enzo Zagalli war der eigentliche Herrscher der Stadt. Er war der Generalbevollmächtigte der weltumspannenden Riassicurazione Milano, die angeblich im Besitz der Mafia war.

Brunello und Piero Gianni fragten sich schon lange was in Italien nicht im Besitz der Mafia war. Trotz aller Investigationen war das Spinnennetz der Beziehungen nicht aufzudröseln. Glaubte man einen roten Faden in der Hand zu haben um an die Mafia ran zukommen verlief die Spur im Sand oder alle wichtigen Beteiligten waren tot. Weil man da nicht viel machen konnte rauchten sie einfach weiter und hörten zu was der Razzo ihnen da für eine Räuberpistole erzählte.

Als der alte Lord MacLeod verstarb wurde Enzo Zagalli zu einer Art von Ersatzvater von dem jungen Killer, dem er im Laufe der Jahre immer mehr Aufträge übertrug. Mal war es ein kleiner Kommunalbeamter, mal war es eine Exgeliebte. Michael wurde jedes Mal reichlich belohnt. Zuerst war es ein Alfa Romeo, dann ein Porsche oder eine Villa in Spanien oder ein Loft in Manhattan. Michael war ein ungewöhnlich guter Schüler, der nach dem Abitur auf der Universität begann Archäologie zu studieren. Mittels dieser Tätigkeit konnte er in Zukunft Beruf und Hobby auf das schönste verbinden.

Während Razzo sich immer mehr begeisternd in einen Rausch hinein erzählte, checkten Brunello und der Questore Gianni nebenbei alle Übereinstimmungen der offenen Morde von MacKillim mit den archäologischen Tatorten. Bevor Razzo am Ende seiner Geschichte war hatten sie über 15 Morde geklärt.

Der Questore gab Razzo ein paar größere Geldscheine und der zog glücklich von dannen. Vorher wollte der sich per Handschlag bedanken, doch das lehnten die Polizeioffiziere ab, das wäre denn doch zu viel der Ehre für einen Gauner. Bei der Polizei – und nicht nur bei ihr – liebt man den Verrat aber nicht den Verräter. Für Polizisten wie Brunello und Gianni war es immer schwierig bei der Zusammenarbeit mit diesem Gesindel selber nicht schmutzig zu werden. Vielleicht wuschen sie sich deshalb nach dem Verhör erst einmal gründlich ihre Hände. Wohl ein Ritual.

Es war ein sehr ergiebiges Gespräch. Nun wussten sie wann und wo MacKillim tätig war. Doch es war ihnen glasklar, dass das wohl nicht alle Morde dieses Profis waren. Gianni fragte seinen Kollegen wie er weiter vorgehen wollte um seinen Mord aufzuklären, denn es war immer noch nicht klar, wer nun tatsächlich dem Killer den Auftrag zur Liquidierung der Jäger gegeben hatte.

„Armando, nach allem was ich nun weiß solltest du vielleicht noch einmal mit Signora Zagalli reden. Sie scheint der Schlüssel deiner Probleme zu sein."

Brunello nickte, umarmte seinen Lieblings-Karategegner, klemmte sich hinter das Steuer seines Dienstautos und fuhr gemächlich durch die herrliche Landschaft der Toskana. In Lucca nahm er einen Aperitif zu sich. Sein Dienstausweis ermöglichte ihm einen Parkplatz in der Nähe des berühmten Amphitheaters zu finden. Das war schon ein besonderer Platz. In den Zeiten des Imperium Romanum wurden hier blutige Gladiatorenspiele veranstaltet. Später war Lucca die erste Demokratie in Europa. Genüsslich nippte er an seinem Getränk und bereitete sich innerlich auf die Unterhaltung mit Emilia Zagalli vor.

Doch vorher wollte er sich wieder einmal die schöne Isabella anschauen. Das machte er jedes Mal, wenn ihn sein Weg nach Lucca führte. So schlenderte er gemütlich durch die Gassen zur Cattedrale. Er zahlte wie jeder andere sein Ticket und stand dann vor dem Sarkophag, den ein Künstler namens Iacopo della Quercia schon 1405 viele Jahre vor Michelangelo aus dem Marmor befreite. Ruhig und friedlich schlief sie da. Für Brunello war sie die schönste Frau die er je gesehen hatte. Der Auftraggeber dieses einmaligen Kunstwerkes war ihr Ehemann und man konnte nur ermessen wie sehr er seine Ilaria geliebt haben musste. Brunello wurde ganz melancholisch und seufzte: Wanderer kommst du nach Lucca – schau dir diese schöne Frau an und du weißt was Kunst und Liebe ist.

Irgendwie heiter gestimmt kehrte er zu seinem Auto zurück. Die Aasgeier kreisten bereits um sein Auto und schrieben hurtig Strafbefehle. Da er keine Lust hatte sich diesen erfolgreichen Tag vermiesen zu lassen zeigte er den Vigili lediglich seinen Ausweis, lächelte sie gar freundlich an, setzte sich in sein Auto und führ nach Hause.

Kapitel 10
Ende der Geschichte
10.1 Emilia Zagalli beichtet

Während er zum hoffentlich letzten Gespräch hinauf zur Villa Buona Vista fuhr, murmelte er das Wörtchen: Scheibchenweise vor sich hin. Bianca hatte ihn schon mehrmals darauf hingewiesen, dass er seit einigen Jahren Selbstgespräche führe. In der Familie machten sie sich lustig über ihn und meinten es wären untrügliche Zeichen von Alterserscheinungen, Alzheimer oder Parkinson. Er selbst glaubte, dass es Entladungen seines Unterbewusstseins waren, so wie gerade eben.

Scheibchenweise teilte Emilia Zagalli ihm ihre Geheimnisse und die ihrer Familie mit. So als wäre es zu viel für ihn, den Commissario, alles auf einmal zu erfahren.

Kriminalistisch war der Fall geklärt. Peter Bauer tot. Die Jäger ursprünglich vom jungen Salvatore Giuliano zu einem Schabernack angestiftet, dann von McLeod zum Mord an Peter Bauer gezwungen um dann selber von MacKillmi liquidiert zu werden. Tatwaffen sichergestellt. Eigentlich war alles klar, wenn da nicht dieses Gefühl wäre, das einen guten Kriminalisten auszeichnet. Die Erkenntnis, dass hinter der scheinbaren Wahrheit eine noch tiefere Wahrheit verborgen ist. So wie er es bei vielen Bildern und Skulpturen seines toten Freundes lernen konnte. Man sieht ein schönes buntes Aquarell oder erfreut sich an einer den Augen wohlgefälligen Skulptur, bis der Künstler einem die Gemeinheit und Brutalität erklärt die hinter all seinen schönen Werken steckt. Brunello hatte viel gelernt von seinem Freund.

Er wollte das Gespräch mit Emilia Zagalli offen gestalten oder anders ausgedrückt er wollte den Dingen ihren Lauf lassen egal wohin sie führen würden. Er wusste jetzt, wie er Emilia Zagalli zu nehmen hatte. Sie war nicht die biedere Geschäftsfrau, die das Geld ihres Gatten bei wohltätigen Events ausgab, oder junge Künstler förderte. Das auch, doch hinter dieser bürgerlichen Fassade verbarg sich die Tochter des wohl zur Zeit mächtigsten, gefährlichsten Wirtschaftsmagnaten Italiens. Brunello hatte sich vorgenommen heute ausnahmsweise das Wort Mafia nicht in den Mund zu nehmen. Was bringt es wenn er Emilias Vater einen Mafioso nennt und sie selbst damit auch als Mafiamitglied in Bedrängnis bringt. Sein toter Freund hatte sich mit der Mafia angelegt. Hatte Bilder gegen sie gemalt, Bücher gegen sie geschrieben, hatte gar der hiesigen Müllabfuhr unterstellt sie sei eine Dependance der Mafia. Und was hatte es gebracht?

Emilia Zagalli in Giuliano, so nannte sie sich offiziell, begrüßte ihn wie immer mit einem strahlenden Lächeln. Ja das war die harte Schule der Mafia. In jeder Situation und sei sie noch so beschissen, immer Haltung bewahren. Eine bella Figura machen und wenn die Welt unterging. Kompliment Signora dachte sich Brunello.

„Heute Commissario ist mir nach einer Zigarette. Würden sie mir eine anbieten, ich weiß sie rauchen ein besonders gutes Kraut."

Das war neu. Er hatte sie noch nie rauchen gesehen, doch das war gut so, denn in einer entspannten Atmosphäre war es einfacher über all die bisher ungesagten und geheimen Dinge zu reden. Emilia Zagalli war offenbar bereit über die Hintergründe seines Mordfalles mit ihm zu reden. Nicht ganz unklug bat sie ihm zuerst einmal zu erzählen, was er so alles weiß.

„Zuerst einmal Signora Zagalli möchte ich ihnen sagen, dass wir die Anklage gegen Salvatore wegen Mordes fallen gelassen haben. Mit ihrer heutigen Aussage, da bin ich überzeugt, bringen wir auch den letzten Vorwurf der Beihilfe zum Mord an den beiden Jägern Pazzo und Zagalli vom Tisch."

Man hörte förmlich den Stein von ihrem Herzen fallen und sie fragte:

„Commissario, das freut mich aber. Einen kleinen Sherry? Ich habe da für besondere Gelegenheiten einen besonders guten Tropfen."

Der Sherry war vom feinsten und Brunello kam nun zur Sache. Er wollte die Beziehung zwischen Emilia und Michael MacLeod verstehen, ohne ihr voresrt von dem Tod des MacKillmi zu berichten. Das hatte noch Zeit. Und so hörte er die Liebesgeschichte der Emilia Zagalli, die mehr ein Beichte war. Das meist wusste er, aber er hörte zu, wie sie sich als sechzehnjährige Oberschülerin in den zwei Jahre älteren Michael verliebt hatte. Der war der Schwarm aller Mädels, jede wollte ihn haben. Sie bezirzte ihn nach allen Regeln der Kunst. Mit sechzehn Jahren war sie, wie alle Italienerinnen, schon fast eine junge Frau. Alles schien perfekt. Sie stellte ihn ihrem Pappa vor und der schien ebenso Gefallen an dem jungen wohlerzogenen Mann aus gutem Hause zu finden. Von Anfang an war da ein Vertrauensverhältnis zwischen den beiden scheinbar ungleichen Männern, was sie gut fand. Hatte der Pappa doch bisher ewig etwas an ihren Freunden auszusetzen. Der hier passte gut in die Familie. Die beiden jung Verliebten machte ein gutes Abitur und Emilia ging auf die gleiche Universität in Mailand wie Michael. Der studierte Archäologie und sie auf den Wunsch des Vaters Betriebswirtschaft, damit sie eines Tages ihm in der Rückversicherung helfen könnte. Im Laufe des Studiums entfernten sich jedoch die Verliebten voneinander. Das hieß nicht, dass sie nicht weiterhin miteinander schliefen, doch Michael wurde von der Universität immer öfter zu Ausgrabungen in ferne Länder geschickt. Manchmal hatte sie den Eindruck, dass ihr Vater nicht ganz unschuldig an dieser Entwicklung war. Eines Tages, sie war neunzehn Jahre alt machte sie einen Schwangerschaftstest, der zu ihrer Freude positiv war. Glücklich und voller Stolz präsentierte sie Mutter und Vater das Ergebnis. Die Mutter war überglücklich Großmama zu werden, doch ihr Vater bat sie in sein Büro und fragte sie direkt:

„Emilia, bist du dir sicher mit diesem Mann ein Leben zusammen zu führen und sein Kind auszutragen? Oder um es ganz einfach zu fragen: Liebst du diesen Mann?"

Emilia hatte sich diese Frage bisher nie gestellt, doch nun wo der Pappa sie fragte war sie sich gar nicht so sicher ob sie den Michael liebte. Er hatte sich verändert, war verschlossener geworden und oft abwesend, hatte keine Zeit mehr für sie, bis auf die immer weniger werdenden Liebesspiele.

Der Pappa hakte nach:

„Emilia bist du dir sicher, dass Michael dich liebt?

„Nein, Pappa, da bin ich mir nicht mehr sicher. Er scheint seine Arbeit, was immer das auch sein mag, mehr zu lieben wie mich. Doch nun bekomme ich ein Kind von ihm. Was soll ich machen?"

Sie schaute fragend ihren Vater an, der sich der Verantwortung gegenüber seiner über alles geliebten Tochter voll im Klaren war. Es war damals noch eine Zeit, wo Eltern ihre Kinder liebten und zumindest die Töchter auf den wohl meinenden Rat der Väter hörten.

Wie da Emilia Zagalli von der Beziehung zu ihren Eltern, beziehungsweise zu ihrem Vater sprach dachte Brunello wie es bei ihm zuhause zuging. Da hörte schon lange keiner auf seine gutgemeinten Ratschläge, weder Bianca seine Frau, noch die beiden Söhne. Vielleicht ein wenig Vera, doch da war er sich gar nicht sicher. Sie hörten immer brav zu, sagten„Ja Väterchen" und jeder machte dann das was er wollte. Zu Zeiten als er und Emilia Zagalli jung waren herrschten offensichtlich andere Zeiten und so hörte er weiter zu um zu erfahren wie sich die Geschichte zwischen Emilia und Michael weiter entwickeln würde. Emilias Vater schlug ihr vor, den Schwiegersohn in spe auf die Probe zu stellen. Er lud ihn separat zu einem persönlichen Gespräch unter Männern. Das war nicht ungewöhnlich, denn der Padrino vergab alle pikanten Aufträge prinzipiell in den Privaträumen seines Palastes, denn dies war der einzige Ort wo er sicher war nicht abgehört zu werden. Michael MacLeod freute sich auf das Gespräch, denn es würde für ihn Klarheit schaffen, ob er weiter für Enzo Zagalli und seine ehrenwerte Familie arbeiten würde, oder vielleicht doch besser als Freiberufler tätig sein sollte. Beides hätte seinen Reiz. Während die Männer durch den großartig angelegten Renaissancegarten und dann durch die Gänge des Palastes schlenderten hatte Michael MacLeod keinen Blick für all die hier versammelte künstlerische Pracht. Emilias Mutter war die einzige in diesem Hause die Sinn für Kultur und Schönheit hatte. Es war schon immer so, dass die größten Mörder und Verbrecher sich wunderschöne kultivierte Damen leisteten um ihrem schmutzigen Geschäft Glanz und Gloria zu verleihen. Die Originale von Botticelli, Raffaello & Co machten keinerlei Eindruck auf die beiden Männer. Den Älteren interessierte nur die Macht und wie er sie vergrößern könnte. Dem Jüngeren machte das Jagen und Töten Spaß. Nicht nur der junge Killer wollte wissen woran er ist, auch der Alte sähe es lieber, den begnadeten jungen Killer weiter zu beschäftigen. Es interessierte ihn nicht wer das

Bett seiner Tochter teilt so lange sie glaubt den Mann zu lieben. Doch der hier, der tötet lieber als dass er liebt. Und das war gut so. Gut für sein Imperium. Sie setzten sich in die bequemen Sessel und Michael MacLeod, der vom Padrino seit einiger Zeit nur noch MacKillim genannt wurde, gelüstete nach einer Tasse Schokolade. Bis das wunderbare Getränk zubereitet war plauderten die beiden Männer über dies und das, während einige Zimmer weiter Emilia über die interne Hausanlage alles sah und hörte. Das Gespräch zwischen Enzo Zagalli und seinem Lieblingsmörder plätscherte so dahin bis sie dann endlich zur Sache kamen und Enzo Zagalli fragte:

„Michael es geht um deine Zukunft. Möchtest du meine Tochter heiraten und in meinen Geschäften mein Nachfolger werden oder möchtest du weiterhin für mich als MacKillim arbeiten und Leute für mich liquidieren?"

Emilia glaubte ihren Augen und Ohren nicht zu trauen. Der zukünftige Vater des Kindes, das sie in ihrem Bauch trug, war nichts anderes als ein gemeiner Mörder. Fassungslos musste sie über ihren Monitor mit ansehen wie ihr Michael ihren Vater geradezu schelmisch angrinste und sagte:

„Enzo ich würde lieber gerne unabhängig weiter auf dem Gebiet der Archäologie tätig bleiben."

Ein paar Wochen später heiratete Emilia den Raffaello Giuliano und so wie es sich gehört kam nach genau neun Monaten ihr Sohn Salvatore gesund und prächtig zur Welt.

Emilia Zagalli seufzte tief und es entstand eine längere Pause. Die brauchte es auch sowohl für Emilia als auch für den Commissario. Wenn er das alles so recht verstanden hatte, war Salvatore Giuliano der Sohn des Auftragsmörders MacKillmi, von denen keiner wusste, dass sie Vater und Sohn waren.

Dann unterbrach Brunello das Schweigen

„Signora Zagalli, das ist stark und erklärt viel, doch nicht alles. Wie kam es ihrer Meinung nach zu dem Tod der Jäger?"

Und Emilia Zagalli Mutter von Salvatore und Geliebte von MacKillmi erzählte wie sie mitbekam wie sehr ihr Sohn den Peter Bauer hasste, weil sie die Mutter, ihn auf ihn angesetzt hatte um aus ihm einen besseren Menschen zu machen. Sie machte sich seitdem große Vorwürfe. Warum hatte sie nicht selbst mit ihm gesprochen? Warum und wann hatte sie den Kontakt zu ihrem Sohn verloren? Zugegeben, das interessierte den Commissario wenig. Nicht dass er kein Herz hätte, doch seine Aufgabe, war es Mörder dingfest zu machen und nicht kaputte Familien wieder zusammen zu führen. Trotzdem wollte er es versuchen. Dazu müsste Emilia Zagalli allerdings mit der Wahrheit rausrücken.

„Signora, was mich nun wirklich interessiert, wie kam es zu der neuerlichen Begegnung mit MacLeod nach mehr als 20 Jahren?

„Vor ein paar Monaten fiel mir auf, wie sich mein Sohn veränderte. Er erschien nicht mehr zu den Mahlzeiten, trieb sich mit irgendwelchen Gesindel

nachts auf den Straßen rum und schwänzte die Schule. Als er sich mehrere Male größere Summen aus der Betriebskasse unserer Niederlassung in Montebene nahm begann ich mir Sorgen zu machen. Ich ließ ihn von meinen Leuten beobachten und sie teilten mir mit, dass er versuchte einige Jäger zu bestechen um dem Peter Bauer einen bösen Streich zu spielen. In der gleichen Zeit entdeckte ich das Waffenlager im Keller. In meiner Not rief ich meinen Vater an und bat ihm um Hilfe. Drei Tage später stand zufällig Michael MacLeod vor der Türe. Sie wollte dem Commissario nun erklären, wie sie sich erneut wieder in ihren Jugendfreund und den Vater ihres Sohnes verliebte, obwohl sie doch wusste, dass Michael der Lieblingsmörder ihres Vaters war. Sie seufzte: „Wie sie wissen macht die Liebe blind."
Brunello war da völlig anderer Meinung.
„Nein Madam, die Liebe macht sehend."
Wie dem auch sei, Emilia wurde zur Geliebten des Killers MacKillmi. Der gab ihr all das, was ihr Ehemann ihr schon seit langem nicht mehr bieten konnte. Wärme, Zärtlichkeit, Nähe und guten Sex. Während ihrer Schäferstündchen in einem ihrer Liebesnester erzählte sie ihm von ihren Problemen mit ihrem Sohn Salvatore und er versprach ihr die Dinge so zu regeln, dass alle zufrieden sein könnten. Er wollte mit den Jägern reden und die Sache zu einem guten Ende bringen. Obwohl sie wusste, dass ein Mörder gewiss eine andere Vorstellung hatte wie sie, Dinge zu regeln, wollte sie glauben, alles würde gut. Sie bot ihm Geld an,

doch er meinte, dass sei eine Sache zwischen ihm und ihrem Vater. Zum Abschluss sagte sie:

„Das, Commissario ist alles was ich weiß."

Brunello hatte sich das alles angehört und schaltete nun sein Smartphone aus. Was er ihr nun sagen wollte war privat.

„Emilia Zagalli, vor ein paar Tagen wurde der Leichnam von Michael MacLeod in Livorno angespült. Meine Untersuchungen ergaben, dass er den Tathergang am 23.August 2014 manipuliert hat. Das Makabre an diesen Morden an unserem Freund Peter und den beiden Jägern war, dass ihr Geliebter den 70. Jahrestag des Massakers 1944 in den Padulen zum Anlass für seine Aktionen genommen hatte um uns, die Polizei in die Irre zu führen. Offensichtlich hat er die Jäger Pazzo und Ignoranti gezwungen Peter Bauer hinterrücks zu erschießen, um sie sofort nach der Tat zu liquidieren. Ihr Sohn Salvatore war Zeuge der Morde."

Oft hatte Brunello den Zusammenbruch von Menschen persönlich miterlebt, wenn sie mit der brutalen Wahrheit konfrontiert wurden. Hier war es besonders traurig. Ein italienisches Sprichwort besagt: La verità fa male und die Wahrheit, die gerade auf Emilia Zagalli einstürzte begrub sie unter ihrer Last. Bevor sie zusammenbrach fing Brunello sie auf und hielt sie fest in seinen Armen. Als sie sich wieder gefangen hatte war seine schöne Uniform durchnässt von ihren Tränen.

„Was soll nun werden?", schluchzte sie und schaute hilflos den Commissario an. Der wusste bereits eine Lösung, hatte doch wochenlang Zeit sich etwas auszudenken. Doch das war nur angedacht, beziehungsweise noch nicht zu Ende gedacht. Zuerst einmal galt es der verzweifelten Mutter Mut zuzusprechen. Was konnte sie dafür, dass ihr Vater ein führendes Mitglied der ehrenwerten Familie war? Was konnte sie dafür dass ihr Geliebter mit Freude, Liebe und Hingabe fremde Menschen ermordete? Was konnte sie dafür, dass ihr Sohn aus dem Ruder lief? Was konnte sie dafür dass ihr Gemahl Raffaello, der offizielle Vater ihres Sohnes nichts taugte?

Die Antwort für Brunello war einfach.

Emilia Zagalli war ebenfalls ein Opfer.

Er würde ihr helfen.

Er richtete sich auf, zupfte seine Uniform zurecht, drückte Emilia Zagalli die Hand und schaute ihr ernst und fest in die Augen.

„Signora Zagalli, sie müssen jetzt stark sein. Ihr Sohn braucht sie jetzt mehr denn je und ich werde ihnen helfen so gut ich kann: Alles wird gut!"

Kapitel 10
10.2 Lösung a la Italiana

Brunello hatte sich wieder einmal in seine Jagdhütte zurückgezogen. Dieses Mal hatte er Bianca gebeten ihn zu begleiten. Er wollte die Sache zu einem guten Ende bringen und dazu brauchte er Bianca. Nicht, dass er nicht in der Lage wäre, den Fall alleine zu lösen. Auftraggeber, Täter und Opfer waren erkannt, das juristische Strafmaß konnte man aus den Gesetzesbücher entnehmen. Doch in Italien gibt es im Gegensatz zu Deutschland neben den Gesetzen noch Regeln. Das war der Grund, warum er mit Bianca reden wollte. Gesetze waren in Deutschland wichtig. Da bestand eine stillschweigende Vereinbarung in der Bevölkerung, dass sich alle Bürger an die Gesetze zu halten haben und wenn sie sich nicht daran halten, würden sie durch eben jene Gesetze, die jeder vor seiner Tat lesen kann, bestraft. Außerdem galt Artikel 3 des deutschen Grundgesetzes, dass alle Menschen vor dem Gesetz gleich sind.
Damals als sie noch jung waren und in München Streife gingen war das mit dem Gleichsein nicht so einfach. Sie selbst waren Italiener und wenn sie mit deutschen oder türkischen Kriminellen zu tun hatten gab es immer Ärger. Da half der Artikel 3 schon. Doch hier in Italien war das schon ganz anders. Das erste was ein Polizeischüler lernte war der Satz: Siamo in Italia!
Was immer das auch heißen mag.

Für denjenigen der gerade mit der italienischen Polizei zu tun hatte bedeutete es: Du bist nicht auf hoher See! Du bist nicht in der Hand Gottes! Du unterliegst jetzt in diesem Augenblick einzig und allein der Macht und der Willkür meiner Uniform! Alles Klar?

Bianca war froh, dass sie in der Administration zu tun hatte und sich nicht mit den Problemen wie ihr Göttergatte der Commissario rumschlagen musste. Der versuchte immer einen Ausgleich zu finden. Ihm war das Recht wichtiger als die juristische Gerechtigkeit. Er war halt trotz deutscher Polizeiausbildung im Herzen und den Genen ein Italiener. Das kriegt man nie heraus. So auch in diesem Fall. Sie diskutierten den Fall durch. Auch nach italienischer Rechtsprechung müsste Salvatore Giuliano bestraft werden. Doch welche Beschuldigung und Strafe würde Bianca für angemessen halten? Brunello schaute sie an:

„Was tun Bianca?"

Wie üblich in der Familie der Brunellos rauchte man erst einmal eine Zigarette, das heißt auch Bianca, die selten rauchte. Sie hatte drei Kinder, die durch viel Glück und einer liebevollen und strengen Erziehung durch Armando und sie einigermaßen heil durchs Leben schritten. Dieses Glück hatte Emilia Zagalli und ihr Sohn nicht. Wem wäre gedient den Jungen für Jahre hinter Gitter zu sperren, wenn Armando ihn wegen Beihilfe zum Mord der Justiz überantworten würde? Sie fragte nach:

„Armando, was hast du bisher den Kollegen in der Firma erzählt über diesen Fall?"

„Nichts Liebling. Ich habe ihnen nichts erklärt. Den Fall habe ich offiziell als Jagdunfall deklariert und alle sind happy. Du kennst meinen offiziellen Bericht vom 23.August. Nur du und unser Freund Piero in Livorno weiß etwas und der kennt die wahren Zusammenhänge nicht."

Bianca schaute sich ihren Gatten ganz lange an und fragte dann:

„Armando, hast du irgendein Problem?"

„Nein, ich habe kein Problem. Die Frage ist nur, wie ich richtig handeln soll. Erinnerst du dich an unsere Diskussion mit unseren Kindern und wie Vera den Unterschied zwischen Moral und Ethik erklärte? Damals in Deutschland hätte der Staatsanwalt den Fall frühzeitig an sich gezogen und die Existenz der Giuliano wäre vernichtet. Doch wie du weißt: Siamo in Italia. Ich habe viele Male mit Salvatore gesprochen. Er ist ein Mitschüler von Vera und ich glaube er hat einen guten Kern. Wie sieht es aus, wenn ich ihn wegsperre? Was wird aus ihm?"

Im Grunde wollte Brunello Hilfe von seiner Frau. Die war Mutter und hatte einen total anderen Zugang zu solchen Problemen.

„Armando, ich habe da eine Idee: Was hältst du davon, den Salvatore nach dem Abitur im Frühjahr auf die Polizeiakademie nach Rom zu schicken? Die bringen den Burschen dort schon auf Vordermann. Hat ja bei unseren beiden Jungen auch ganz gut geklappt."

Brunello musste laut lachen. War er da nicht schon selber drauf gekommen? Er erinnerte sich noch sehr gut, wie schwierig seine Jungs nach dem Abitur waren. Irgendwie verlangten sie nach Zucht und Ordnung. Nach längerer Diskussion beschlossen sie gemeinsam ihre Jungs lieber auf die Polizeiakademie zu senden als zum Militär. Heute sind alle stolz und glücklich über die damalige Entscheidung. Die Jungs hatten sich prächtig entwickelt. Warum sollte das nicht auch bei Salvatore funktionieren? Sie meinte, Armando sollte sich den Burschen noch einmal richtig zur Brust nehmen und ihm dieses Angebot machen. Es bestand allerdings die Gefahr, dass der Salvatore, genannt Turiddu ihm die Mafiakiller seines Großvaters auf den Hals hetzte. Bianca meinte, dass durch die Ereignisse der junge Giuliano seine Lektion gelernt hat und diese einmalige Chance sich nicht entgehen lassen wird. Die Frage war nur, wie man diesen kriminell veranlagten Burschen bei der ehrenwerten Polizei unterbringen könne.

„Tolle Idee, Schatz. wie stellst du dir das vor?"

„Armando, siamo in Italia und da gilt seit drei Tausend Jahren der Satz: Un po di corruzione e di relazione tutto sie può sistemare. Da du leider nicht italienisch kannst und alles vergessen hast, will ich dir das vorsichtshalber übersetzen: Mit ein wenig Korruption und Beziehungen ist alles regelbar. Um dem Jungen zu helfen brauchst du niemanden bestechen, da langen deine exzellenten Beziehung zur Akademie. Man wird dir deine Bitte nicht abschlagen."

Dabei schaute sie ihn schelmisch an und gab ihm einen dicken Kuss. Der Commissario war sehr froh um den Rat seiner Frau. Er brauchte wie ein Sherlock Holmes keinen Dr. Watson an seiner Seite um zu brillieren. Er brauchte auch keinen dieser Volldeppen als Assistenten, wie sie gerne im Fernsehen gezeigt werden. Er hatte seinen Verstand, sein Erfahrung, verschwiegene Kollegen, eine Polizeibehörde die meist hinter ihm stand und er hatte etwas, was unbezahlbar war. Er hatte in Bianca nicht nur eine wunderbare Ehefrau, sondern eine voll, mit allen Wassern gewaschene ausgebildete Polizeioffizierin, die treu zu ihm und seinen Entscheidungen stand. Er murmelte:
„Was bin ich für ein glücklicher Commissario."
Bianca: „Was brummelst du da in deinen Bart?
Brunello wischte sich die Augen und sagte.
„Ach nichts Liebling"
Er holte den von Bianca selbstgemachten Limoncello und sie genossen den Süden Italiens. Dabei rekapitulierte er in kurzen Worten die Situation, die ihr allerdings bekannt waren. Sie kannte ihn und wusste, dass nun die Entscheidungen fallen würden. Er fragte sie:

1. Soll der den Fall an die große Glocke hängen? Wenn nein:
2. Was geschieht mit Enzo Zagalli dem Auftraggeber der Morde?
3. Was geschieht mit den Giulianos?
4. Was geschieht mit der Tatwaffe, die zur Zeit in meinem Besitz ist?

Für Bianca waren das nach ihrem ausführlichen Gespräch und dem Abwägen aller Umstände alles nur rhetorische Fragen, denn sie wusste, ihr Mann hatte sich bereits klar entschieden.

- Der Fall wird nicht an die Glocke gehängt.
- Er wird in diesem Falle nicht gegen Enzo Zagalli ermitteln, da das zur Zeit drei Nummern zu groß für ihn ist. Irgendwann würde er sich den Mann kaufen.
- Er wird die Giulianos schützen und nicht dem Staatsanwalt zum Fraß vorwerfen.
- Er wird die Tatwaffe dem Museum zurückgeben.
- Er würde bei der Version des Jagdunfalles bleiben und seine privaten Ermittlungen für sich behalten.

Nachdem die Beiden alles ausdiskutiert hatten und zu einem gemeinsamen Ergebnis gekommen waren fotografierten sie alle Unterlagen und speicherten sie sowohl im privaten Computer, als auch in einem nur Brunello bekannten Cloudsystem. Zusätzlich machte Brunello eine Sicherheitskopie auf einen DVD-Sticker, die er später an eine Vertrauensperson in Deutschland schicken wird, um sich und vor allem Bianca gegen alle Eventualitäten abzusichern.

Dann machten sie draußen ein großes Feuer und mit den ironischen Satz „a la Italiana!" verbrannten sie den ganzen Mist.

Kapitel 10
10.3   Adio - Amico mio

Der Winter war ins Land gezogen. Es war kalt
geworden und der Regen, der die Toskana so grün
macht, wollte gar nicht mehr aufhören. Brunello
dachte an die ausgeprägten vier Jahreszeiten in
Deutschland.   Hier in der Toskana gab es im
Grunde genommen nur zwei Jahreszeiten. Sechs
Monate Sonne und sechs Monate Regen.

An einem Tag wo die Sonne stärker war als der
Dauerregen und die Wolken für ein paar Stunden
vertrieben hatte wollte Brunello den Fall für sich
persönlich abschießen und auf dem Friedhof
endgültig Abschied von seinem deutschen Freund
nehmen. Es ist unnötig darauf hinzuweisen, dass er
sich beim Setzen auf eine dieser kalten und
unfreundlichen Friedhofsbänke zuerst einmal seine
obligatorische Zigarette reinzog. Er sah zu wie
sich der Rauch in der Luft auflöste. Wie er umringt
von Toten so über das Leben nachdachte musste er
lachen. Er erinnerte sich an die skurrile Situation
als man den Peter Bauer zu Grab trug. Er schloss
die Augen und sah vor seinem geistigen Auge die
Prozession.

Das war schon heftig. Brunello hatte vieles schon
erlebt, doch das Schauspiel vor zwei Monaten war
einzigartig. Da hatte die katholische Kirche
tatsächlich den evangelischen Leichnam des Peter
Bauer - der testamentarisch bestimmt hatte
verbrannt zu werden - nach katholischen Ritus zu

Grabe getragen. Vorher war er von Battesimo, dem hiesigen Leichenbestatter sauber hergerichtet worden. Dieser Battesimo, ungefähr siebzig Jahre oder mehr, war stolz auf seine Arbeit. Der Tote sah besser aus als er selbst. Die Gemeinde hatte ihn beauftragt, Peter Bauer, den großen Sohn der Stadt so würdig wie nur möglich zu mumifizieren, damit jeder Bürger der Stadt und die Neugierigen aus ganz Italien und dem Ausland dem großen Künstler noch einmal von Angesicht zu Angesicht sehen können um Abschied zu nehmen von dem großen Philosophen, Philanthropen, Schriftsteller, Maler und Bildhauer.

Aus diesem Grunde hatte die Gemeinde den Zeitraum zwischen dem Tod und der Beerdigung wegen der enormen Nachfrage von vier Tagen auf zehn Tage erweitert. Geld spielte bei der Ausgestaltung des Sarges keine Rolle. Battesimo, ein hagerer, leicht verhärmter Typ, ausgestattet mit sehr viel Mitleid und Empathie, der bei der Arbeit an seinen Toten selbst ein bisschen mitstarb, hatte nie zuvor einen so großzügig mit viel Geld versehenen Auftrag der Stadt erhalten. Er hatte sich alle Wässerchen und Tinkturen frisch aus der Apotheke geholt und seine kostbarsten Salben genommen um das Gesicht des Toten mit einem leichten Porzellan ähnlichen Teint zu grundieren. Das durch die Umstände des plötzlichen Todes leicht derangierte Gesicht hatte er nach den exzellenten Fotos des Michelangelos rekonstruiert. Auch Battesimo war auf seinem Gebiet ein Künstler. Freundlich und friedlich lächelte ihn sein

Kunde am Ende seiner Arbeit an. Battesimo war sehr zufrieden mit sich und seinem Werk. Der Bürgermeister, sein Auftraggeber konnte nun stolz seinen neu gewonnenen Lieblingsbürger dem Volk präsentieren.

Trotz seines hohen Alters erinnerte sich Battesimo nicht, dass mit einem derartigen Prunk an einen Sohn der Stadt gedacht wurde, denn dies Stadt war nun mal leider nicht mit vielen herausragenden Persönlichkeiten gesegnet. Vor über hundert Jahren gab es schon einmal einen Schriftsteller, der nun auf einem Marmorsockel gegen seinen erklärten Willen fest verankert mit dem Rücken - das hatte er ausdrücklich schriftlich befohlen - zur Kirche stand. Das hatte er mit dem vor ihm liegenden Deutschen gemein. Die Autoritäten hatten hier noch nie den Willen eines Toten respektiert. Später war da noch ein ausgewanderter Filmstar, dem man nach seinem Tod ein Theater baute, obwohl der auch nichts mehr mit Monsanto zu tun haben wollte. Dieses Mal sollte es nicht wieder passieren, dass ein berühmter Mann die Gemeinde blamiert.

Mit dem Leichnam hatte man ihm den Leichenbestatter einen Totenschein nebst einem beigehefteten Schreiben übergeben mit dem die Gemeinde nichts anzufangen wusste, denn es war handgeschrieben in einer unbekannten Sprache.

In der Gemeinde kannte man nur Italienisch und notgedrungen die Dialekte des Südens. Sprachen lernen war nicht ihr Ding. Über den sogenannten Tellerrand zu schauen war nicht ihre Sache.

Auch der studierte Battesimo konnte die Schrift nicht entschlüsseln. Er vermutete sie sei englisch oder vielleicht deutsch. Zuerst wollte er es wegschmeißen, doch da es wichtig sein könnte, bat er seinen Freund den Commissario um Rat und Hilfe. Brunello nahm das Schreiben und übersetzte es dem Leichenbestatter. Es war das Testament von Peter Bauer. Darin stand, dass nach seinem Tod seine geliebte Frau Eva alles erben sollte. Sollte seine Frau vor ihm sterben so wollte er mitsamt all seinen künstlerischen Werken gemeinsam verbrannt werden und die Asche sollte über seinen Olivenhain verstreut werden.

„Ja und nun? Was soll ich tun?", fragte der Leichenbestatter den Commissario.
„Am besten, mein alter Freund, du machst genau das, was der Bürgermeister angeordnet hat und alle sind glücklich und zufrieden."
Das mit dem Bürgermeister ging in Ordnung aber was war mit seinem eigenen Seelenheil und dem Seelenheil des Toten? So fragte er:
„Brunello sag mir, war der Tote überhaupt ein Christ? Die meisten Künstler, so hörte ich, sind Ungläubige, Atheisten und Satansanbeter."
Über Brunellos Gesicht huschte ein Lächeln:
„ Battesimo, stai tranquillo, non preoccupare,. Sei beruhigt, reg dich nicht auf, der Peter war mehr als nur ein Christ, er war durch tragische und persönliche Umstände zum Buddhismus über-getreten. Wie du weißt sind das Menschen die glauben das jedes Ding auf unserer Erde eine Seele

hat und die den Sinn darin sehen niemanden ein Leid anzutun. Warum sollten wir seine Seele nicht christlich bestatten? Er war doch früher auch ein Christ. Ihm tut es nicht mehr weh, die Gemeinde freut sich und er bekommt nun den Ruhm, den er sich immer gewünscht hat."

So wurde dann der Sarg, vom Bürgermeister und den Stadtkämmerern persönlich in einer feierlichen Prozession zur Kirche getragen. Große Reden wurden geschwungen über den herausragenden Sohn der Stadt, seine Verdienste hinsichtlich der Künste gewürdigt und Brunello, der sich das Ganze amüsiert anhörte stellte lapidar fest, dass nicht einmal auf seinem Revier so viel gelogen wurde wie bei dieser Beerdigung.

Bei der Grablege ging es würdig und feierlich zu. Der Bürgermeister trug quer über die Brust die Schärpe mit den italienischen Farben, der Pfarrer weihte das Grab, den Sarg und den Toten, der sich ja nun nicht mehr gegen die Willkür der Autoritäten und Kirche wehren konnte. Ein sehr merkwürdiges Ende für einen aufrechten deutschen Achtundsechziger.

Danach lud die Stadt zu einer großen Totenfeier, die mit einem mitternächtlichen Feuerwerk endete.

Brunello öffnete wieder die Augen.

Stille, einem dem Friedhof eigene Stille, schwebte über den Zypressen. Brunello zog an seiner Zigarette, ungeachtet der vielen Verbotsschilder..

Ein Friedhofswärter stürmte heran und schrie:

„Rauchen verboten!"

Brunello zeigte ihm wortlos seinen Polizeiausweis und verscheuchte ihn mit einer unwirschen Handbewegung wie eine lästige Fliege und rauchte genüsslich weiter. Nachdem sich der Friedhofswärter fluchend und knurrend entfernt hatte, genoss Brunello wieder die himmlische Ruhe des Todes. In diesem besonderen Moment glaubte er, dass es jede Menge weniger Tote gäbe, würden die potenten Mörder mehr auf Friedhöfe gehen, denn dann hätten sie die Sinnlosigkeit ihres Tuns vor Augen. Brunello ertappte sich, dass er nun schon fast so dachte und fühlte wie der Tote, der da vor ihm in seinen ungewollten Sarg tief in der Erde zur letzten Ruhe verbuttelt war.

Wie er da vor dem Grab saß und dem Rauch seiner Zigarette zusah wie der sich im Nichts auflöste fragte er sich wohin denn seine Seele wandert, wenn er eines Tages von seiner Klientel erschossen wird oder friedlich im hohen Alter inmitten seiner trauernden Familie stirbt. Der Peter mit seinem unbeirrbaren Glauben an viele Wiedergeburten hatte es da besser. Den konnte man so oft wie man wollte hinterrücks erschießen, das spielte keine Rolle, denn er konnte ja immer wieder zurückkehren. Ob er ihm dann Vorwürfe machen würde, er habe sich zu seinen Lebzeiten nicht genug um ihn gekümmert und den Mord vielleicht hätte gar verhindern können? Brunello wollte an seiner Zigarette ziehn, doch die war ihm bei all den trüben Gedanken, die da auf ihn einstürmten ausgegangen.

Während er sich die Nächste reinzog rekapitulierte er noch einmal in Ruhe den ganzen Fall und bemerkte gar nicht dass er laut und vernehmlich sprach, obwohl niemand ihm zuhören konnte, zumindest kein Lebender. Brunello führte normalerweise keine Selbstgespräche, doch die morbide Friedhofsatmosphäre wirkte auf ihn als befände er sich in einem Beichtstuhl. Er hatte auf einmal das Gefühl, als müsse er seinem toten Freund erklären, was er alles angestellt hatte, um seine Mörder zu überführen.

Für den Peter war es im Grunde genommen ein gütiges Schicksal. Mitten im Leben haben ihn in seinem herrlichen Olivenhain zwei dafür bezahlte Jäger von hinten erschossen. Dann hat ein professioneller Killer die Jäger liquidiert. Der wurde dann von der Mafia aus dem Verkehr gezogen. Brunello wurde nicht bewusst, dass er nun direkt mit seinem toten Freund sprach. „Alter Freund, du bist nicht ganz unschuldig an deinem Tod. Musstest du dich auch mit Gott und der ganzen Welt anlegen? Entschuldige, dass ich lache, es ist schon witzig, dass ausgerechnet du nun von einer Kirche, die du Zeit deines Lebens bekämpft hast verbuddelt wurdest und das mit all dem Pomp, den du immer angeprangert hast. Ausgerechnet die Kirche mithilfe der Gemeinde, der du mit deinen Büchern und Reden immens geschadet hast sorgen nun für den Ruhm, den du zu Lebzeiten nie bekommen hättest. Sie werden dir ein Denkmal setzen, die Auflagen deiner Bücher erreichen Rekordhöhe, deine Bilder nahezu unbezahlbar. Für deine Skulpturen erweitert die Kommune ihr Museum, ein Bildband auf Hochglanzpapier mit Fotos von Michelangelo ist in Druck und lautet:

In Memoria Peter Bauer, einem ehrenwerten Mitglied der wunderbaren Gemeinde Monsanto.

„Was zum Teufel willst du mehr?"

Und der Wind raunte:
„Wäre es nicht eine schöne Idee, mein Freund, über meine Ermordung einen Krimi zu schreiben?"

Brunello zog an seiner Zigarette, schaute erst nach links. Da war Niemand, nahm wieder einen Zug und schaute nach rechts. Auch da war Niemand. Holte tief Luft und schaute nach hinten. Auch da war Niemand. Sprach sein toter Freund mit ihm? Hörte er jetzt auch schon Stimmen aus dem Jenseits wie Peter Bauer? Sprachen auf einmal die Toten mit ihm oder war es eine Halluzination? Das konnte ja heiter werden. Brunello kramte aus seiner Tasche die alte Blechdose für die Zigarettenkippen, drückte die Zigarette sorgsam aus, erhob sich, legte seine Hand auf den Grabstein und sagte:

„Ciao, lieber Freund."

Langsam schritt er die Reihen der Gräber ab. Viele kannten er und der Peter. Mit den meisten war er im Streit, weil er jedem die Wahrheit sagen musste. Seine Wahrheit. Da hatte der Peter eine Menge Tote mit denen er sich wunderbar im Jenseits weiter streiten konnte.

Am Ende seines Spaziergangs durch die Welt der Toten dreht er sich noch einmal um. Ein letzter Sonnenstrahl fiel auf das Grab seines Freundes, so als wolle er ihm Lebewohl sagen.

Nachdenklich mit schweren Schritten ging er nach Hause. Der Fall war abgeschlossen, hatte ihm schwer zu schaffen gemacht und viel weitere graue Haare gekostet. Die Idee mit Hilfe seiner Notizen einen Krimi zu schreiben fand er gar nicht so schlecht.

Doch er war Polizist und kein Schriftsteller.